김영랑을 읽다

김영랑을 읽다

영롱한 우리말로 새긴
낭랑한 시

전국국어교사모임 지음

Ⓗ

머리말

〈모란이 피기까지는〉을 아는 사람이라면 모란이 피는 초여름이 되면 한 번쯤 '찬란한 슬픔의 봄'을 되뇌어 본다. 단풍이 시작되는 가을이 되면 빛나는 단풍 사진을 찍고 〈오-매 단풍 들겄네〉의 시 구절과 함께 SNS에 올리기도 한다. 이 시들은 모두 우리말을 세련되고 멋지게 표현한 시인 김영랑의 대표작이다.

김영랑은 1930년 〈동백잎에 빛나는 마음〉을 포함하여 13편의 시를 《시문학》에 발표한 이후 1950년 6월 〈오월한〉에 이르기까지 90편이 채 안 되는 시를 발표했다. 자신의 시에 엄격했던 김영랑은 생전에 문단에서 크게 주목받지는 못했다. 김영랑은 살아생전 정지용에게 "내 시 독자가 다섯이나 될까?"라고 말했다고 한다. 그러나 그의 시는 지금도 많은 사람에게 사랑받는다.

김영랑은 보이지 않는 자신의 마음을 표현하고자 애썼다. 또 생생한 언어로 표현하기 위해 자신이 살던 전남 강진의 말을 그대로 시에 담으려 했다. 한자어를 우리말로 풀어쓴 시어를 사용하기도 했고, 시를 좀 더 정확하고 생생하게 표현하기 위해 새로운 말을 만들어 사용하기도 했다.

그는 1919년 만세운동을 주도하다가 감옥살이를 하기도 했다. 늘 한복 차림으로 생활했으며 창씨개명을 끝까지 거부했다.

〈돌담에 속삭이는 햇발〉, 〈가늘한 내음〉 같은 섬세한 서정을 노래한 시를 쓰기도 하고, 〈독을 차고〉와 〈춘향〉 같은 민족의 삶을 노래한 시를 쓰기도 한 김영랑은 우리 문학사에 깊게 기억되는 시인임이 분명하다. 또 박용철, 정지용 등과 함께 《시문학》을 창간하여 1930년대 시를 한 단계 성장하게 한 시인이기도 하다.

우리는 그의 시를 읽으며 사투리의 맛과 우리말의 리듬감을 몸으로 알게 된다. "오-매"라는 감탄사를 내뱉어 보기도 하고, "호르호르르 호르르르"를 발음하며 혀를 굴려보기도 한다. 소리를 내어 읽으면 음악이 되고 그림이 되는 김영랑의 시. 우리 민족의 감정과 마음을 세련되고 동그랗게 빚은 김영랑의 시 21편을 읽으며 우리말의 아름다움을, 시의 아름다움을 느꼈으면 좋겠다.

이 책은 김영랑 시를 먼저 접한 선배가 김영랑 시를 접할 후배에게 김영랑 시를 좀 더 쉽게 만날 수 있도록 안내하는 책이다. 이 책을 읽으며 김영랑 시의 매력을 느낄 수 있었으면 좋겠다. 그리하여 우리의 청소년들이, 바삐 사는 현대인들이 김영랑의 넓고 깊은 시 세계를 즐겁게 여행하면 좋겠다.

권진희

차례

머리말 4

01 김영랑의 삶과 작품 세계

김영랑의 삶 12
김영랑의 작품 세계 20

02 키워드로 읽는 김영랑 시

끝없는 강물이 흐르네 34
돌담에 속삭이는 햇발 38
어덕에 바로 누워 42
오-매 단풍 들겄네 46

사행시 50
제야 56
가늘한 내음 62
내 마음을 아실 이 68
모란이 피기까지는 74
강선대 돌바늘 끝에 80
사개 틀린 고풍의 툇마루에 86
황홀한 달빛 92
두견 98
청명 106
연 1 112
독을 차고 120
묘비명 126
내 홋진 노래 132
춘향 138
북 146
오월한 152

일러두기

1. 김영랑 시의 원본은 《원본 김영랑 시집》(허윤회, 깊은샘), 《영랑을 만나다》(이숭원, 태학사)를 참고하였습니다.

2. 수록 순서는 《영랑시집》의 순서를 기준으로 하고, 그 외 작품은 발표된 순서를 따랐습니다. 제목은 《영랑시선》을 따르고, 그 외 작품은 발표될 때의 제목이나 첫 행을 제목으로 삼았습니다.

3. 원본 중 한자는 모두 한글로 바꾸었고, 의미상 한자가 필요할 때는 괄호 안에 한자를 넣었습니다.

4. 현대어로 바꾼 것은 《원본 김영랑 시집》, 《영랑을 만나다》를 참고하였고, 더 바꿀 필요가 있는 것들은 선생님들과 협의 후 가장 적절한 것으로 선택하여 바꾸었습니다.

5. 원문을 현대어 표기법에 맞게 맞춤법과 띄어쓰기 등을 바꾸었고, 원문의 뉘앙스를 살려야 할 필요가 있는 시어들은 그대로 살려두고 각주를 달아 설명하였습니다.

01

김영랑의 삶과 작품 세계

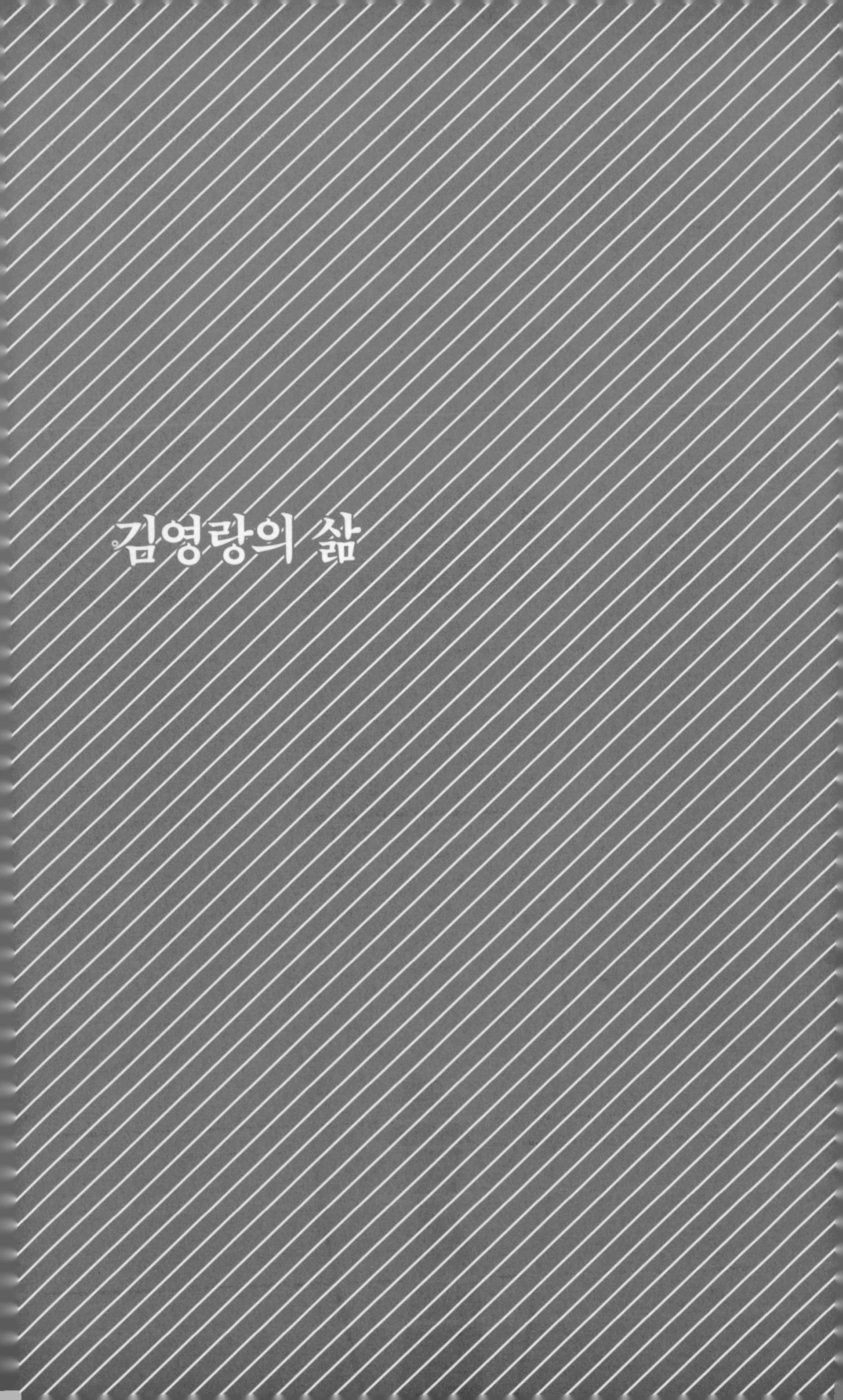

김영랑의 삶

찬란한 슬픔의 봄을 노래한 김영랑. 계절로 시인을 표현할 수 있다면 김영랑은 5월의 시인이 아닐까? 보드레한 에메랄드 얇게 흐르는 실비단 하늘을 바라보는 시인이며, 언덕에 바로 누워 아슬한 푸른 하늘을 바라보는 시인이며, 모란이 피는 찬란한 슬픔의 봄을 기다리는 시인, 푸른 하늘과 어울리는 5월의 시인, 김영랑.

들길은 마을에 들자 붉어지고
마을 골목은 들로 내려서자 푸르러진다
바람은 넘실 천 이랑 만 이랑
이랑 이랑 햇빛이 갈라지고
보리도 허리통이 부끄럽게 드러났다
꾀꼬리는 여태 혼자 날아볼 줄 모르나니
암컷이라 쫓길 뿐
수놈이라 쫓을 뿐
황금 빛난 길이 어지러울 뿐

얇은 단장하고 아양 가득 차 있는
산봉우리야 오늘 밤 너 어디로 가버리련?

〈5월〉

봄바람을 따라 청보리밭이 물결친다. 마치 바닷가에 파도가 치는 것 같다. 철썩철썩 파도 소리 대신 쏴아쏴아 청보리잎이 흔들리는 소리가 들리는 듯하다. 이 시는 선명하고 싱싱한 5월을 눈으로 그려서 보여주고 있다. 붉은 황톳빛의 들길과 푸른 청보리밭의 색채 대비, '천 이랑 만 이랑 / 이랑 이랑'의 상쾌한 반복, 암수 꾀꼬리의 역동적인 움직임이 5월을 더욱 빛나게 한다.

김영랑은 1903년 1월 16일(음력 1902년 12월 18일) 전라남도 강진에서 태어났다. 아버지 김종호와 어머니 김경무 사이에 장남으로 태어났고, 본명은 김윤식이다. '영랑'은 1930년 시를 발표할 때부터 사용한 필명이다. 김영랑은 대부분을 고향인 강진에서 살았으며, 그 지역 지주의 아들로 여유롭게 지냈다고 한다. 그러다 진학 문제로 아버지와 갈등을 겪기도 했다. 1915년 강진보통학교를 졸업한 후 아버지는 고향에 머물면서 취직하고 결혼하기를 원했고, 김영랑은 상급학교에 진학하기를 원했다.

김영랑은 1916년에 두 살 연상의 김은하와 결혼한 후 1917년 휘문의숙에 입학했다. 그런데 1918년 봄, 아내가 갑자기 사망하게 된다. 〈눈물에 실려 가면〉, 〈쓸쓸한 뫼 앞에〉, 〈좁은 길가에 무덤이 하나〉, 〈그 색시 서럽다〉 등 김영랑의 시에는 죽음에 대한 시가 여러 편이 있는데, 이는 아내의 죽음이 영향을 미쳤을 것으로 추측된다.

쓸쓸한 뫼앞에 후젓이 앉으면
마음은 갈앉은 양금줄 같이
무덤의 잔디에 얼굴을 부비면
넋이는 향맑은 구슬손 같이
산골로 가노라 산골로 가노라
무덤이 그리워 산골로 가노라

〈쓸쓸한 뫼 앞에〉•

먼저 떠난 사람을 그리워하며 쓸쓸한 무덤 앞에 앉는다. 보고 싶은 마음은 더욱 커지고, 무덤에 얼굴을 비비며 떠난 사람의 흔적을 떠올린다. 보고 싶을 때마다 화자가 할 수 있는 일이라곤 산골로 가는 일, 쓸쓸한 뫼 앞에 앉는 일밖에는 없다. 떠난 임에 대한 그리운 마음이 애절하게 나타나 있다.

김영랑은 아내를 떠나보내고 휘문의숙에 다니다가 1919년 강진으로 내려와 친구들과 함께 만세운동을 주도했다. 그러다 대구

• 시의 형태를 유지하기 위해 띄어쓰기를 원문과 같게 함. 2행은 '마음은 가라앉은 양금(악기 이름)줄같이', 4행은 '넋은 향이 맑은 구슬손('옥수'를 우리말로 풀어씀)같이'로 해석함.

형무소에서 6개월 옥고를 겪고 난 후 아버지의 권유로 금강산을 다니면서 상한 몸과 마음을 치유했다.

생각하면 부끄러운 일이어라
석가나 예수같이 큰일을 하리라고
내 가슴에 불덩이가 타오르던 때
학생이란 피로 쌓인 부끄러운 때

〈생각하면 부끄러운 일이어라〉

당시의 뜨거웠던 마음을 표현한 4행시이다. 큰 뜻을 품고 열정으로 가득 찼던 그때를 회상하고 있다. 치기 어린 행동을 한 지난날을 부끄러워하는 듯하지만, 오히려 두려움 없이 젊음 하나로 큰 뜻을 향해 행동하던 그날의 뜨거움을 그리워하는 마음으로 읽을 수도 있다. 1919년 당시의 심정, 석가나 예수같이 큰일을 하겠다고 다짐하던 결기, 가슴에 불덩이가 타오르던 뜨거움이 생생하게 느껴진다.

김영랑은 1920년 일본으로 유학을 떠나 아오야마학원(청산학원)에서 박열과 박용철을 만나게 된다. 1923년 관동대지진으로 유학을 그만두고 돌아와 안귀련을 만나 재혼하며, 강진에서 문학 활동을 해나간다. 1930년에는 일본에서 만난 박용철과 교류하며 《시문학》을 간행하는데, 《시문학》은 박용철과 김영랑이 중심이 되어 변영로, 정인보, 정지용, 이하윤 등과 함께 1930년 3월에 창간한 순수시 잡지이다. 김영랑은 창간호에 〈동백잎에 빛나는 마음〉, 〈언덕에 바로 누워〉, 〈누이의 마음아 나를 보아라〉, 〈제야〉, 〈쓸쓸한 뫼 앞에〉, 〈원망〉 6편과 4행으로 된 시 7편을 발표하면서 본격적인 문단 활동을 시작했다.

1935년 11월에는 《영랑시집》이 간행되었다. 《영랑시집》은 여러 면에서 독특한 형식의 시집이다. 박용철이 편집했고, 제목이 없이 1번부터 53번까지 번호로만 구분된 시집이다. 시집 앞에 써넣은 "A thing of beauty is a joy forever(아름다움은 영원한 기쁨이다)."라는 영국 시인 키츠(Keats)의 시구가 시집의 전체적인 분위기와 시 세계를 알려준다.

김영랑은 《영랑시집》을 출간한 후 몇 년간 시를 발표하지 않았다. 여기에는 박용철의 죽음이 큰 영향을 미쳤을 것이다. 1938년 5월 박용철이 사망하자 김영랑은 그의 작품을 정리하는 것에 힘을 쏟았다. 이후 1939년 1월 〈거문고〉를 시작으로 〈오월〉, 〈독을 차고〉, 〈내 홋진 노래〉 등을 발표하다가 1940년 9월 〈춘향〉을 끝으로 작품 발표를 멈춘다. 당시 발표한 〈두견과 종다리〉라는 산문에 김영랑의 심정이 잘 나타난다. "사람으로 살려면 오로지 떳떳해야 시원하고, 그러려니 현실이 아프고, 그래 우리는 어린 자식들을 두고 차마 눈을 못 감고 가는 게지. 그 자식들의 세대는 어떠할꼬."라며 점점 우리 민족을 조여오는 암울한 현실을 걱정하고 있다.

김영랑은 신사참배와 창씨개명을 끈질기게 강요받았으나 끝까지 거부했다. 자식들이 학교에서 불이익을 받아도 끝까지 자신의 뜻을 굽히지 않았다. 일제가 창씨개명을 집요하게 요구하자 자신의 성은 김씨로 창씨했다고 하는 일화는 김영랑의 강직함을 보여주는 유명한 일화이다.

1945년 광복이 되고 나서는 우익 활동을 하며 여러 협회의 위원으로 추대되었다. 1946년 12월 〈북〉을 발표하며 창작 활동을 다시 시작했으며, 1948년 5월 국회의원에 출마했다가 떨어졌다. 김영랑은 유학 때문에 떠난 것을 빼고는 강진에서만 살았는데, 선거에서 떨어진 후 강진의 삶을 정리하고 서울로 이사한다.

김영랑은 1948년 11월 14일과 16일 동아일보에 두 편의 시를 발표한다. 〈새벽의 처형장〉과 〈절망〉이다. 두 시는 1948년 10월에 발생한 '여순 사건'을 소재로 했다. 사건 현장을 다니며 그것에 대한 시를 쓰도록 청탁을 받고 쓴 시이다. 두 시에는 젊은이들이 이념 대결로 죽어가는 처참함이 나타나 있다. 3년 전 "대한 독립 만세!"를 외치며 함께 태극기를 휘둘렀던 맑은 눈을 가진 젊은이들이 처형을 당한다. 수많은 젊은이들이 서로 총을 겨누며 죽어가고, 젊은이들이 이유도 모른 채 원통하게 떼죽임당하는, 망해가는 조국의 모습에 분노한다.

새벽의 처형장에는 서리 찬 마의 숨결이 휙 휙 살을 에웁니다
탕탕 탕탕탕 퍽퍽 쓰러집니다
모두가 씩씩한 맑은 눈을 가진 젊은이들
낳기 전에 임을 빼앗긴 태극기를 도루 찾아
3년을 휘두르며 바른 길을 앞서 걷던 젊은이들
탕탕탕 탕탕 자꾸 쓰러집니다

〈새벽의 처형장〉에서

1949년 서정주의 주도로 《영랑시선》이 출간되었다. 이 시집은 1935년에 출간된 《영랑시집》 가운데 43편, 새로 추가한 17편을 묶어 총 60편을 3부(찬란한 슬픔, 사행시, 망각)로 나누어 엮었다. 김영랑은 1950년 6월에 〈오월한〉을 발표하고, 그해 9월 27일 전쟁 중 포탄의 파편에 부상을 입고 결국 사망했다. 서울 수복을 하루 앞둔 날이었다.

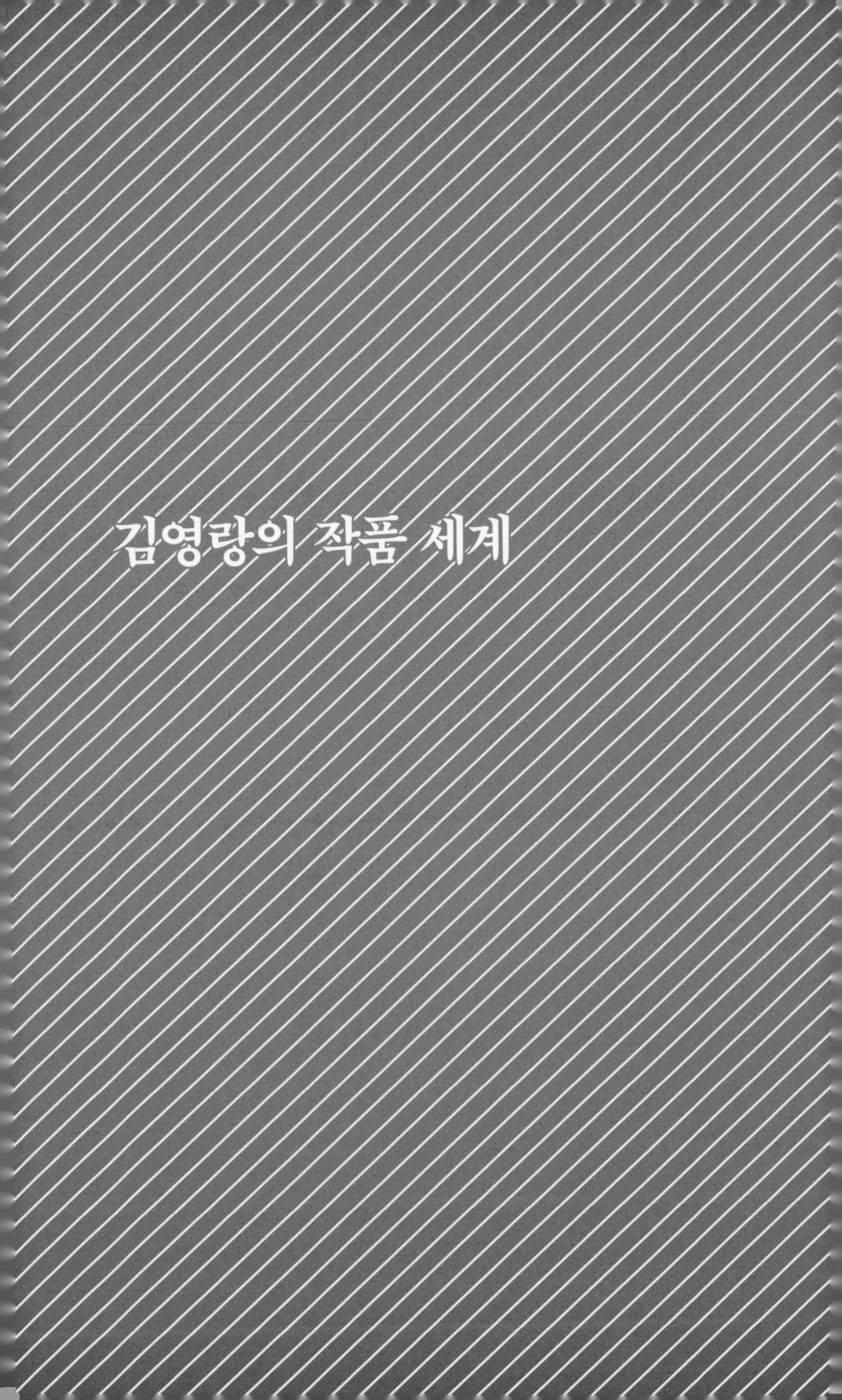

김영랑의 작품 세계

김영랑의 시 세계

김영랑의 시 세계는 보통 '초기시, 중기시, 후기시'로 나누어 설명한다. 특히 김학동은 '비애의 율조와 촉기의 시학'(1930~1935), '민족 관념과 죽음의 시학'(1938~1940), '의식 공간의 확대와 참여의 시학'(1946~1950) 3단계로 구분한다.

김영랑의 초기시는 〈끝없는 강물이 흐르네〉, 〈돌담에 속삭이는 햇발〉, 〈가늘한 내음〉, 〈내 마음을 아실 이〉처럼 대부분 '내 마음'을 표현하고 있다. 내 마음을 강물에 빗대기도 하고, 봄 하늘을 바라보고 싶은 내 마음을 노래하기도 하고, 쓸쓸한 묘 앞에 앉아 가라앉은 내 마음을 표현하기도 하고, 님을 두고 떠나는 마음이 애끈하다고 토로하기도 하고, 잃어버린 마음 때문에 수심이 가득 찬 저녁 무렵을 묘사하기도 한다. 이렇게 눈에 보이지 않는 모호한

'내 마음'을 섬세한 언어를 통해 표현하고 있는 것이 이 시기의 특징이다.

이 시기를 '비애의 율조와 촉기의 시학'이라고 이름 붙이기도 하는데, 〈님 두시고 가는〉, 〈가늘한 내음〉, 〈내 마음을 아실 이〉, 〈모란이 피기까지는〉 등에서 잃어버린 마음, 즉 비애의 심정을 읽을 수 있다. '촉기'란 김영랑의 시 세계를 이야기할 때 빠지지 않는 단어이다. 서정주는 〈영랑의 일〉이라는 글에서 '촉기'를 "같은 슬픔을 노래 부르면서도 그 슬픔을 딱한 데 떨어뜨리지 않는 싱그러운 음색의 기름지고 생생한 기운"이라고 했다. 즉 슬픔과 비애를 노래하지만 오히려 싱그럽고 생생한 어조를 통해 슬픔에 빠지지 않도록 하는 것을 말한다. "나는 아직 기다리고 있을 테요, 찬란한 슬픔의 봄을."이라고 말할 수 있는 것이 촉기인 것이다. 봄과 모란을 잃었기에 슬픔과 상실의 심정이지만 그래도 다시 봄이 올 때까지 기다리고 있을 것이기에 찬란하다고 말하는 것이 '촉기'의 시학이다.

1935년 이후 3년여간 작품 활동을 하지 않다가 1939년과 1940년 사이에 〈거문고〉, 〈연 1〉, 〈오월〉, 〈독을 차고〉, 〈묘비명〉, 〈한 줌 흙〉, 〈내 홋진 노래〉, 〈춘향〉 등 14편을 발표한다. 이 시기는 '내 마음'을 노래한 초기시와 달리 사회 문제와 죽음을 소재로 한 시가 많다. 그래서 이 시기를 '민족 관념과 죽음의 시학'이라고 한다. 항상 한복을 단정히 입었고, 신사참배는 물론 창씨개명을 끝까지 거부한 시인에게 이 시기는 죽음과 같은 암울한 시기였을 것이다.

바깥은 거친 들 이리 떼만 몰려다니고

〈거문고〉에서

앞뒤로 덤비는 이리 승냥이 바야흐로 내 마음을 노리매

〈독을 차고〉에서

어차피 몸도 피로해졌다
바삐 관에 못을 다져라

〈한 줌 흙〉에서

그 선비는 차라리 목마른 채 사약을 받았니라고

〈한길에 누워〉에서

돌담에 속삭이는 햇발을 노래하던 시인은 죽음을 각오하고 마음에 독을 찬다. 왜냐하면 바깥은 이리 떼가 몰려다니며 내 마음을 노리는 곳이기 때문이다. 그래서 시인은 몸도 피로해지고 구차하게 목숨을 이어가는 것이 부끄럽다. 목마른 사람이 물을 들이켜는 것처럼, 사약을 받아들고 의연하게 죽음을 맞이한 선비처럼 죽고 싶다는 생각을 한다.

초기시에서는 개인적인 죽음에 대한 비애의 감정을 4행 또는 8행의 짧은 시로 표현한 것이 특징이었다면, 이 시기에는 시대와 사회로 관심이 옮겨가며 〈춘향〉처럼 한자어가 많아지고 시가 점점 길어진다.

1946년 12월 〈북〉을 발표하면서 김영랑은 좀 더 적극적으로 사회 문제에 관심을 표현한다. 직접 정치에 참여하기도 하고, 학살의 현장을 눈으로 직접 보고 그 내용을 시로 발표하기도 한다. 특히 〈새벽의 처형장〉과 〈절망〉은 여순 사건의 참혹한 현장을 감정적으로 묘사하고 있다. 그뿐만 아니라 죽음에 대한 인식을 심화시키며 인생의 허무가 짙게 배어 있는 시를 쓴다.

> 오…… 망해가는 조국의 모습

〈새벽의 처형장〉에서

> 옥천 긴 언덕에 쓰러진 죽음 떼죽음

〈절망〉에서

> 벌써 왜놈과의 싸움도 지난 듯 싶은데
> 4년 동안은 누구들 때문에 흘린 피더냐

〈감격 8·15〉에서

걷던 걸음 멈추고 서서도 얼컥 생각하는 것 죽음이로다

〈망각〉에서

중년은 하 외로워도

이 허무에선 떠나야 될 것을

〈어느 날 어느 때고〉에서

김영랑은 사회 현실에 적극적으로 참여하며 새로운 나라를 만들고자 하는 의지를 보여주었다. 그러나 혼란스러운 시대는 그의 의지를 처참하게 짓밟는다. 그즈음 그의 시에 죽음에 대한 인식과 삶에 대한 허무 의식이 점점 짙어지는 것은 어쩔 수 없는 선택이었을지 모른다.

《시문학》

김영랑과 《시문학》은 연관검색어 같은 사이다. 김영랑을 빼고 《시문학》을 말할 수 없고, 《시문학》을 빼고 김영랑을 말할 수 없다. 박용철과 김영랑은 1920년대의 우울하고 퇴폐적인 문학, 정치적인 문학의 흐름에서 벗어나 순수시를 중심으로 한 시 전문지 《시문학》을 만들기 위해 애썼다. 박용철과 김영랑이 주축이 되어 정지용, 변영로, 정인보, 이하윤 등과 함께 격월간지 《시문학》을 창간하게 된다. 창작시뿐만 아니라 우리말로 번역한 외국시, 시조도 실었다.

우리는 시를 살로 새기고 피로 쓰듯 쓰고야 만다. 우리의 시는 우리의 살과 피의 맺힘이다. 그러므로 우리의 시는 지나는 걸음에 슬쩍 읽어 치워지기를 바라지 못하고, 우리의 시는 열 번 스무 번 되씹어 읽고 외워지기를 바랄 뿐, 가슴에 느낌이 있을 때 절로 읊어 나오고 읊으면 느낌이 일어나야만 한다. 우리의 시는 외워지기를 구한다. 이것이 오직 하나 우리의 오만한 선언이다. (중략) 한 민족의 언어가 발달의 어느 정도에 이르면 구어로서의 존재에 만족하지 아니하고 문학의 형태를 요구한다. 그리고 그 문학의 성립은 그 민족의 언어를 완성시키는 길이다.

《시문학》 창간호 후기에서

박용철이 쓴《시문학》창간호 후기에 시문학파의 시 정신이 잘 나타나 있다. 살에 새기고 피로 쓰는 마음으로 시를 한 자 한 자 써 내려가고자 하는 시 창작 태도를 엿볼 수 있다. 우리말의 아름다움을 살려 쓰고자 하는 의지도 나타나 있다. 그러나 1930년 3월에 창간호, 5월에 2호를 발행하고 나서 1년이 훨씬 지난 1931년 10월에 3호를 발간하고 더 이상 간행되지 못했다.

김영랑은 "《시문학》이 나온 뒤 어느 한 분의 비평문도 얻어본 일이 없"었다고 말했다. 당시에는 큰 반향을 일으키지 못했던 것 같다. 아마도 운영상의 어려움과 원고 부족으로 3호를 마지막으로 더 발행되지 못했을 것이다. 그러나 20여 년 후 서정주는《영랑시선》의 발문에서 《시문학》은 한국 현대 시문학사에서 찬란한 금자탑이 되었고, 《시문학》 창간 이후 표현에 대한 자각이 뚜렷해졌다고 평가했다. 《시문학》의 또 다른 성과는 《정지용시집》과 《영랑시집》을 발간하는 바탕이 되었다는 것이다. 그 덕분에 우리가 현재까지 정지용의 시 87편과 김영랑의 시 53편을 읽을 수 있게 된 것이다.

《영랑시집》과 《영랑시선》

김영랑의 첫 번째 시집인 《영랑시집》은 1935년 11월에 출간되었다. 박용철이 편집하고 시문학사에서 펴냈다. 작품의 제목을 쓰지 않고 작품마다 번호를 붙인 것이 특징이다. 페이지 숫자도 없다. 박용철은 김영랑의 시 두 편을 빼면서 "시집을 한 '줄'로 보아서 줄다리기에서 여기가 끊어질 약점인 듯싶어서 그것을 제거했"다고 말한다. 그러면서 시의 순서를 정하고 "시에 번호를 붙일 뿐 페이지도 매기지 않을 생각이네. 시 넘버와 페이지가 거의 맞먹는 데서 얻은 착상이네. 세계에 유례가 없으리."라고 말했다. 정지용도 산문 〈시와 감상 – 영랑과 그의 시〉에서 《영랑시집》은 차례가 없고 시마다 제목도 없다는 점을 첫 번째 특징으로 꼽았다. 편의상 번호만 붙였을 뿐이니 한숨에 읽어나갈 수 있다는 것이다.

총 53편 중 10번부터 37번까지 28편의 작품이 4행시이고, 〈돌담에 속삭이는 햇발〉처럼 4행씩 2연으로 된 시도 많다. 이러한 시

형식은 평소 김영랑이 추구했던 "가슴에서 우러나오는 외워지는 시"를 작품으로 구현하고자 하는 노력으로 보기도 한다.

1949년 서정주가 중심이 되어 《영랑시선》을 발간했다. 《영랑시집》에서 43편, 새로 추가된 17편 총 60편이 수록되어 있다. 역시 시 제목을 표시하지 않고 차례에만 제목이 수록되어 있다. '1부 찬란한 슬픔, 2부 사행시, 3부 망각'으로 나누어져 있으며, 서정주는 발문에서 "시선을 3부로 나눈 것은 연대순에 의한 것이 아니라 시형 또는 내재율의 유형별로 가른 것임을 말해둔다."라고 3부로 나눈 기준을 말했다. 이렇게 한 것은 유형에 따라 주제나 분위기가 비슷해서 독자들이 읽기에 더 편할 것이라고 생각했기 때문일 것이다.

박용철과 정지용

박용철은 1904년 광주에서 태어나 휘문고보와 일본 아오야마학원(청산학원)을 다녔다. 김영랑과는 일본 유학 시절 친해진 것으로 알려져 있다. 수학에 뛰어난 능력을 보였던 박용철에게 문학을 권했던 사람이 김영랑이라고 한다. 1923년에 관동대지진이 일어나 유학을 중단하고 고국으로 돌아온 박용철과 김영랑은 문학을 공부하면서 1930년 순수시 전문지인 《시문학》을 창간한다. 김영랑, 정지용, 박용철 세 사람은 시문학파의 대표 주자로 문학 활동을 함께하게 된다.

박용철은 〈떠나가는 배〉, 〈고향〉 같은 시를 썼고, 《시문학》, 《문예월간》, 《문학》을 창간했다. 400편에 가까운 외국시를 번역하여 소개하기도 했고, 시 이론을 정립하기 위해 시론을 발표하기도 했다. 그는 시를 쓰면 김영랑에게 편지를 보내 의견을 묻기도 했고, 김영랑의 시를 읽고 4행시가 좋다며 '천하일품'이라고 평가하기도 했다.

김영랑에게 박용철은 함께 시를 쓰는 사람을 넘어 인생을 함께하는 존재였던 듯하다. 김영랑은 강진에서, 박용철은 광주에서 태어났으니 서로 통하는 것도 많았을 것이다. 일본 유학 시절 4년간 동고동락하며 문학 공부를 함께한 그들은 서로의 작품에 대해 기탄없이 비평을 나누었다.

그리하여 박용철이 1938년 5월, 35세의 젊은 나이로 세상을 뜨자 누구보다 마음 아파했던 이가 김영랑이다. 일 년 넘게 박용철이 남긴 작품을 정리하여 두 권의 전집을 만들었고, 그 후기에 자신의 애잔한 마음을 담았다. 〈인간 박용철〉, 〈문학이 부업이라던 박용철 형〉 등의 산문에서 박용철과의 추억, 보고 싶은 이를 보지 못하는 그리움을 썼다. 이 산문에는 박용철이 떠나고 "전쟁의 수행, 과학의 승리, 역사의 창조, 그리하여 민족의 해방, 동혈의 상극"이라는 극악의 10년을 벗 없이 홀로 견뎌낸 자의 부질없는 마음이 잘 나타나 있다. "40만 넘기면 우리가 수명에 불평은 할 것이 없다고 하였거니, 나머지 5년을 왜 더 못 채우고 가버리었느냐?"라는 김영랑의 한탄이 애절하다.

1938년 8월 즈음에 정지용은 김영랑이 있는 강진으로 가서 김현구, 김영랑과 함께 여행을 한다. 다도해를 건너 제주도도 함께 여행하면서 먼저 떠난 박용철의 전집을 내는 일을 논의했다. 이 경험을 바탕으로 정지용은 〈꾀꼬리 - 남유 제1신〉, 〈이가락 - 다도해기 1〉 등의 산문을 발표했고, 시 〈백록담〉를 썼다.

정지용의 〈시와 감상 - 영랑과 그의 시〉는 당대에 이루어진 김영랑의 비평이라 할 만한 유일한 자료이다. 정지용은 김영랑의 삶과 가족사 등을 소개하며 시를 더 잘 이해할 수 있도록 도왔고, 여러 편의 4행시와 대표 시들을 소개하여 김영랑 시의 맛을 대중에게 알렸다. 그리고 〈모란이 피기까지는〉에 대해서는 이렇게 평가했다.

> 모란을 이처럼 향수한 시가 있었던지 모르겠다. 영랑은 마침내 찬란한 비애와 황홀한 적막의 면류관을 으리으리하게 쓰고 시도(詩道)에 승당입실한 것이니, 그의 조선어의 운용과 수사에 있어서는 기술적으로도 완벽임이 틀림없다. 조선어에 대한 이만한 자존과 자신을 갖는다면 아무 문제가 없을까 한다.

〈가늘한 내음〉에 대해서도 "이에 이르러서는 무슨 주석을 시험해 볼 수가 없다. 다만 시인의 오관에 자연의 광선과 색채와 방향과 자극이 교차되어 생동하는 기묘한 슬픔과 기쁨의 음악이 오열하는 것을 체감할 수밖에 없다."라며 찬사를 아끼지 않았다.

정지용이 〈비〉와 같은 시에서 시각적 이미지를 활용하여 그림 같은 시를 썼다면, 김영랑은 〈오-매 단풍 들것네〉, 〈청명〉과 같은 시에서 음악의 선율을 시로 표현했다고 할 수 있다. 그래서 정지용은 "전라도 사투리가 이렇게 곡선적이요 감각적이요 정서적인 것을 영랑의 시로써 깨닫게 되는 것이 유쾌한 일"이라고 했던 것이다.

1930년대를 함께한 김영랑과 박용철, 정지용. 한국 현대시의 한 부분을 찬란하게 빛낸 시인들이다. 이 세 시인은 우리의 정서를 세련된 우리말로 표현하여 서정성을 드높였으며, 우리의 살과 피에 맺히는 시를 쓴 시인들이다.

02

키워드로 읽는 김영랑 시

끝없는 강물이 흐르네
돌담에 속삭이는 햇발
어덕에 바로 누워
오-매 단풍 들겄네
사행시
제야
가늘한 내음
내 마음을 아실 이
모란이 피기까지는
강선대 돌바늘 끝에
사개 틀린 고풍의 툇마루에
황홀한 달빛
두견
청명
연 1
독을 차고
묘비명
내 훗진 노래
춘향
북
오월한

끝없는 강물이 흐르네

내 마음의 어딘 듯 한편에 끝없는
　강물이 흐르네
도쳐오르는 아침 날빛이 빤질한
　은결을 도도네
가슴엔 듯 눈엔 듯 또 핏줄엔 듯
마음이 도른도른 숨어 있는 곳
내 마음의 어딘 듯 한편에 끝없는
　강물이 흐르네

도쳐오르는 돋쳐 오르는. '돋아 오르는'의 의미.

도도네 돋우네.

강물이 흐르는 마음

내 마음 어딘가에 끝없는 강물이 흐른다. 강물이 흐르는 마음이란 어떤 마음일까? 강물이 흘러가는 시원한 마음일까? 아니면 바다를 향해 흐르는 힘찬 마음일까? 지금보다 더 아래로 아래로 흐르는 낮은 마음일까? 마음 한편에 끝없는 강물이 흐른다고 했으니, 내 마음 한쪽에 남아 지워지지 않는 마음일 것이다. 그 마음은 한없이 내 마음속에 존재하고 계속 흐르고 있다. 흐르는 마음은 그리움에 가까울 것이다. 그리움의 마음은 어디에 존재하는지도 모르지만 내 마음속에서 끝없이 빛나면서 흐른다.

빤질한 은결

'은결'은 달빛에 비쳐 은백색으로 보이는 물결을 아름답게 이르는 말이다. '윤슬'이라고도 하고 '물비늘'이라고도 한다. 내 마음에 은결이 생긴다. 내 마음속 어딘가에 흐르는 강물에 아침 햇빛이 비쳐 눈부시다. 내 마음속 강물이 반짝반짝 빛이 난다. 은물결이 일고 내 마음이 빛난다.

마음이 도른도른 숨어 있는 곳

마음속 어딘가에서 강물이 흐른다. 끝없이 흘러내리는 내 마음이 강물 같다. 가슴인지, 눈인지, 핏줄인지 모를 어느 곳, 내 마음이 숨어 있는 곳에서 강물이 흐른다. 흐르는 강물에 햇살이 반짝인다. 햇살에 반짝이는 그 모습이 마치 도란도란 이야기하는 소리 같기도 하다. 내 마음이 숨어 있는 모든 곳에서 강물이 도란도란 속삭이며 흘러가고 있다.

동백잎에 빛나는 마음

이 시가 처음 발표되었을 때 제목은 '동백잎에 빛나는 마음'이었다. 동백잎은 진한 녹색으로 윤기가 흐른다. 아침 햇빛이 동백잎에 비치면 마치 물결이 햇빛에 반짝이는 것처럼 빛난다. 동백잎이 빛나는 모습에서 마음속 강물이 햇빛에 빛나는 모습을 유추한다. 마음속에 끝없이 흐르는 그리움을 동백잎에 빛나는 마음으로, 강물이 흐르는 모습으로 표현하고 있다.

이 시는……

이 시는 《시문학》 창간호에 실린 김영랑의 첫 발표작이자 1935년에 발표한 자신의 첫 시집인 《영랑시집》에 1번으로 실린 작품이다.

마음은 눈에 보이는 것은 아니지만 분명히 존재한다. 이 마음을 시로 표현한다면 어떻게 표현할 수 있을까? 대체로 우리는 '아프다, 슬프다, 외롭다, 그립다, 기쁘다, 사랑스럽다' 등의 감정으로 표현할 것이다. 그런데 이런 직접적인 감정이 아닌 마음 자체를 생생하게 표현할 수는 없을까?

김영랑은 마음을 강물에 빗대어 표현했다. 누군가를 향해 흐르는 그리운 마음과 사랑의 마음이 마치 강물 같다. 강물처럼 끝이 없고, 강물처럼 햇빛에 빛나기도 하고, 도란도란 이야기 소리를 내며 그리운 이를 향해 흘러간다. 그 마음은 가슴에 흐르는 것 같기도 하고, 눈에 흐르는 눈물 같기도 하며, 온몸을 돌고 있는 핏줄에 흐르는 것 같기도 하다. 내 마음이 내 몸속 여기저기에서 끝없이 흐른다.

김영랑 시의 매력은 이처럼 눈에 보이지 않는 추상적인 모습을 구체적인 모습으로 생생하게 보여주는 데에 있다. 누군가를 그리워하고 사랑하는 마음을 강물이 흐르는 모습으로 생생하게 표현한다. 이 마음이 얼마나 끝이 없고, 얼마나 빛나는지 생생하게 보여준다. 그래서 이 시를 읽다 보면 내 마음이 빛나는 모습을 온몸으로 느끼게 된다.

돌담에 속삭이는 햇발

돌담에 속삭이는 햇발같이
풀 아래 웃음 짓는 샘물같이
내 마음 고요히 고운 봄길 위에
오늘 하루 하늘을 우러르고 싶다

새악시 볼에 떠오는 부끄럼같이
시의 가슴을 살포시 젖는 물결같이
보드레한 에메랄드 얇게 흐르는
실비단 하늘을 바라보고 싶다

새악시 새색시, 처녀.

돌담에 속삭이는 햇발

이 시를 읽으면 한적한 시골 마을이 떠오른다. 두 사람 정도가 손잡고 함께 걸을 수 있는 황토색의 흙길이 구불구불 펼쳐진다. 길을 따라 돌담이 허리 높이만큼 이어진 길. 그 길을 손잡고 걸으면 하늘은 파랗고 바람은 살랑살랑 불어온다. 연둣빛 나뭇잎이 하늘거리는 길. 햇발이 돌담을 따스하게 감싸는 길. 도란도란 속삭이는 사람들의 소리가 들리는 듯하다. 햇발도 돌담에 도란도란 속삭이는 듯하다.

햇발같이, 샘물같이

이 시를 소리 내어 읽으면 '송알송알 싸리잎에 은구슬'로 시작하는 동요인 <구슬비>가 떠오른다. 마치 동요 노랫말 같아 음을 붙여 노래 부르고 싶게 한다. 1연과 2연의 구조가 비슷하여 1절, 2절로 만들 수도 있겠다. 1행, 2행, 5행, 6행을 '같이'로 끝맺어 마치 랩 가사의 라임을 맞춘 것 같다. 햇발같이 샘물같이 싱그럽고, 부끄럼같이 물결같이 수줍은 듯 맑다. '같이'의 반복으로 음위율이 느껴져 더 경쾌한 느낌을 준다.

하늘을 우러르고 싶다

맑고 깨끗한 봄이다. 하늘도 맑고 푸르다. 화자는 이 하늘을 우러르며 바라보고 싶어진다. 돌담에 햇발이 속삭이는 것처럼 부드럽게, 풀 아래 샘물이 웃는 것처럼 깨끗하게, 새색시 볼에 부끄러움이 드러나는 것처럼 설레는 마음으로, 시의 가슴을 적시는 물결처럼 하늘을 우러르고 싶다. 고운 봄하늘을 살며시 우러르고 싶다고 말한다.

내 마음 고요히 고운 봄길 위에

1930년 5월에 발표되었을 때 이 시의 제목은 '내 마음 고요히 고운 봄길 위에'였다. '돌담에 속삭이는 햇발'이라는 지금의 제목도 좋지만, 새싹이 나오는 고운 봄길을 떠오르게 하는 처음의 제목도 좋다. 이 시는 봄길에서 느끼는 내 마음을 표현한 시이기에 이 구절을 중심으로 다시 읽어볼 수도 있다. 봄길을 걸으면서 느끼는 햇발, 샘물, 부끄럼, 물결의 깨끗한 마음을 느끼게 한다.

이 시는……

추운 겨울을 이겨내고 새싹이 올라온다. 매화가 피고 진달래도 개나리도 핀다. 따사로운 봄 햇살이 세상을 감싼다. 돌담이 있는 길에서는 아지랑이도 피어오른다. 봄이다. 세상의 생명이 다시 생동하는 봄이다. 이 봄날의 봄길을 생생하게 표현한 시가 <돌담에 속삭이는 햇발>이다.

이 시는 봄날의 싱그러움을 표현한다. 싱그러운 봄길을 걸으며 봄하늘을 우러르고 바라보고 싶은 마음을 표현한다. 봄날의 햇발, 샘물, 새악시의 부끄러움, 물결 같은 마음으로 하늘을 우러르고 싶은 마음을 표현한다. 맑고 깨끗하고 고요한 자연의 풍경을 통해 자신의 마음을 감각적으로 표현한다. 봄하늘을 눈으로 귀로 피부로 느끼게 한다. 그래서 봄하늘을 바라보고 싶은 마음이 더욱 맑고 곱게 다가온다.

이 시의 또 다른 매력은 운율과 직유이다. 음보율과 음위율을 사용하여 시를 더 경쾌하게 만들고 있다. 또 '같이'라는 직유를 통해 어떤 사진이나 그림보다 더 생생하게 '내 마음'을 그려낸다. 시각과 청각과 촉각의 감각이 직유의 표현을 통해 우리의 몸으로 봄길의 모습을 인도한다. 그래서 이 시를 읽으면 조금 상기된 표정으로 고개를 들어 하늘을 바라보게 된다. 나도 모르게 고개를 들어 하늘을 보게 만든다. 봄의 정겨움을 느끼게 한다.

어덕에 바로 누워

어덕에 바로 누워
아슬한 푸른 하늘 뜻없이 바래다가
나는 잊었습네 눈물 도는 노래를
그 하늘 아슬하여 너무도 아슬하여

이 몸이 서러운 줄 어덕이야 아시련만
마음의 가는 웃음 한때라도 없드라냐
아슬한 하늘 아래 귀여운 맘 즐거운 맘
내 눈은 감기였대 감기였대

어덕 언덕.
바래다가 바라보다가.
없드라냐 없었겠느냐.

어덕에 바로 누워

'어덕'은 유추할 수 있듯이 '언덕'의 전라도 방언이다. 이 언덕은 화자에게 특별한 곳이다. 왜냐하면 화자가 괴롭고 서러울 때마다 언덕에 갔기 때문이다. 그래서 이 언덕은 이 몸이 서러운 줄 안다. 서러운 화자에게 언덕은 위안의 장소이다. 화자는 언덕에 누워 하늘을 보며 서러움 다 잊고 위안을 받는다.

아슬한 푸른 하늘

'아슬하다'는 '몸에 소름이 끼치도록 차가운 느낌이 있다.' 또는 '일 따위가 잘 안 될까 봐 두려워서 소름이 끼칠 정도로 마음이 약간 위태롭다.'라는 뜻인데, 이런 의미의 '아슬한'은 푸른 하늘과 어울리지 않는다. '아스라하다'를 찾아보면 '① 보기에 아슬아슬할 만큼 높거나 까마득하게 멀다. ② 기억이 분명하게 나지 않고 가물가물하다. ③ 먼 곳에서 들려오는 소리가 분명하지 않고 희미하다.'라는 세 가지 뜻이 있다. 여기서 '아슬한'은 '아스라하다'의 ①의 의미와 잘 어울린다.

눈물 도는 노래

눈물 도는 노래가 내 이야기 같을 때가 있다. 삶에 지치고 괴로울 때, 세상에 나 혼자만 덩그러니 놓여 있는 것 같을 때, 그럴 때 눈물 도는 슬픈 노래가 생각난다. 화자는 그럴 때마다 찾던 언덕에 누워본다. 아스라이 멀리 있는 푸른 하늘을 바라보고 있자니 마음속 "슬픔이며, 한탄이며, 가라앉을 것은 차츰 앙금이 되어 가라앉"는다(백석, <남신의주 유동 박시봉방> 중). 그리고 눈물 도는 슬픈 노래마저 잊게 된다. 아슬한 하늘 덕분에 서러움을 잊게 된다.

귀여운 맘 즐거운 맘

삶이 괴롭다 하더라도 매 순간이 괴롭지는 않을 것이다. 가끔 웃기도 할 것이고, 가끔 즐거운 마음이 생기기도 한다. 그 순간을 '마음의 가는 웃음'이라고 표현했다. 언덕에 바로 누워 아슬한 푸른 하늘 아래에 있으면 마음에 가는 웃음이 살포시 지어진다. 두 눈은 살포시 감기며 눈물 도는 노래도 잊게 된다. 그래서 이 언덕을 찾는다. 언덕에 누워 아슬한 하늘을 바라보며 귀여운 마음, 즐거운 마음을 갖는다.

이 시는……

언덕은 땅이 비탈지고 조금 높은 곳이다. 마음이 울적하고 서러울 때마다 화자는 언덕을 찾는다. 야트막한 언덕에 누우면 하늘이 보인다. 아슬한 하늘을 보고 있으면 가슴속 눈물 도는 노래는 사라진다. 맑고 깨끗한 하늘을 보면 가느다란 웃음이 새어 나온다. 즐거웠던 한때도 떠오른다. 그날이 그리워 눈을 감는다.

이 시는 언덕에 누워 아슬한 하늘을 보며 위안을 받는다는 이야기이다. 그런데 이 시를 잘 읽어보면 위안을 주는 것은 하늘뿐이 아니다. 하늘 못지않게 화자에게 위안을 주는 것이 언덕이다. 화자는 울적하고 서러울 때마다 언덕에 간다. 잔디가 자라 푸릇하고 폭신한 언덕에 기대어 눕는다. 이 편안한 언덕에서 하늘을 보며 시름을 잊고 위안을 받는 것이다.

누구나 언덕 같은 곳이 하나쯤 있으면 좋겠다. 일본 드라마의 제목이기도 한 '심야식당' 같은 곳. 지친 몸과 마음을 쉴 수 있는 곳, 음식과 사람으로 위로받을 수 있는 곳, 나를 충전할 수 있는 곳 말이다. 편안하게 누워 아슬한 하늘을 볼 수 있는 곳. 눈물 도는 노래를 가슴에 품고 있는 사람에게 위안을 주는 곳. 있기만 해도 위안이 되는 곳. 이 시의 언덕 같은 곳이 누구에게나 있었으면 좋겠다.

오-매 단풍 들것네

"오-매 단풍 들것네"
장광에 골불은 감잎 날러오아
누이는 놀란 듯이 치어다보며
"오-매 단풍 들것네"

추석이 내일모레 기둘니리
바람이 자지어서 걱정이리
누이의 마음아 나를 보아라
"오-매 단풍 들것네"

장광 장독대.

골불은 골붉은(매우 붉은, 짙게 붉은).

자지어서 잦아져서.

오-매

김영랑 시의 특징 중 하나는 맛깔나는 전라도 사투리의 사용이다. '오-매'는 전라도 지역 사투리로, '어머', '우와' 정도의 놀람을 나타내는 감탄사이다. "어머! 단풍이 들겠네"라고 바꾸어 읽으면 '오-매'로 읽을 때의 느낌이 살지 않는다. 아마 사투리를 쓰지 않았다면 이 시는 수많은 가을 시 중 한 편으로 남았을 것이다. 적절한 사투리의 사용이 우리 시를 더욱 풍부하게 한 대표적인 예라고 할 수 있다.

장광에 골불은 감잎

누이가 장독대에 있다. 불탈 것 같은 빨간 감잎이 장독대 위로 떨어지자, 누이는 놀라서 고개를 들어 가을하늘과 단풍잎을 쳐다보며 "오-매 단풍 들겄네"라고 말한다. 뜨거운 햇살에 여름인 줄로만 알았는데 벌써 시간이 흘러 가을이 왔나 보다. '가을은 깊어지고 추석이 코앞으로 다가왔구나. 아직 겨울 준비도 못 했는데 추석이 다가오고 바람은 잦아지고 있구나.' 누이는 걱정이 앞선다.

누이의 마음아 나를 보아라

1930년 3월에 처음 발표되었을 때 제목은 '누이의 마음아 나를 보아라'였다. 지금 제목도 괜찮지만 첫 제목도 괜찮다. 지금의 제목은 가을의 느낌을 잘 느끼게 하지만, 첫 제목은 가을이 깊어지자 걱정하는 누이의 마음을 위로하는 화자의 마음이 잘 드러나서 좋다. 추석이 오는 것을, 겨울이 오는 것을 걱정하는 누이의 마음을 걱정하는 화자의 마음이 오롯이 드러나는 이 제목도 참 좋다.

오-매 단풍 들겄네

이 시에서는 "오-매 단풍 들겄네"라는 말이 세 번 나온다. 처음은 장독대에 빨간 단풍잎이 떨어지자 누이가 자기도 모르게 한 말이다. '어머, 벌써 가을이네. 시간이 언제 이렇게 지났지? 곧 단풍이 빨갛게 들겠네.'의 의미이다. 두 번째는 곧 추석 음식도 준비해야 하고, 찬 바람이 부는 겨울 걱정을 하면서 벌써 가을이 왔음을 실감하며 걱정하는 의미이다. 세 번째는 그런 누이의 마음을 이해하고 걱정하며 화자가 하는 말이다.

이 시는……

이 시의 이야기는 간단하다. 가을이 온 줄도 모르고 정신없이 보내는 누이에게 붉게 물든 감잎 하나가 뚝 떨어진다. 갑자기 맞이한 가을의 모습을 이처럼 선명하게 표현한 시가 또 있을까? 게다가 '오-매'라는 사투리는 또 어떠한가? 첫 행이 시의 모든 것을 말해주는 시.

바쁘게 살다 보면 시간 가는 줄도 모른다. 봄인지, 여름인지, 가을인지. 누이가 그렇다. 시간 가는 줄 모르고 농사일이며 집안일을 하다 보니 어느새 잎들이 빨갛게 물들었다. 시간이 언제 이렇게 흘렀지? 놀란 마음으로 고개를 들어 보니 나뭇잎들이 빨갛게 물들고 있다. "오-매 단풍 들겄네" 그렇지만 이내 걱정스러운 마음이 앞선다. 추석이 지나면 곧 찬 바람이 불어올 것이고, 곧 겨울이 다가올 것이다. 누이가 깊어지는 가을을 걱정한다. 그런 누이의 마음을 화자는 안다. 그래서 화자도 말한다. "오-매 단풍 들겄네"

푸르고 높은 가을 하늘, 아침저녁으로는 닭살이 돋을 만큼의 쌀쌀한 바람, 이제 막 붉게 물들기 시작하는 감잎. 집 안 한쪽에서 허리를 숙여 장독대에서 장을 담고 있는 누이. 곧 다가올 추석이며 겨울을 걱정하는 마음. 김영랑은 이 긴 이야기를 고작 8행에 맛깔나게 담아내었다.

사행시

10

님 두시고 가는 길의 애끈한 마음이여
한숨 쉬면 꺼질 듯한 조매로운 꿈길이여
이 밤은 캄캄한 어느 뉘 시골인가
이슬같이 고인 눈물을 손끝으로 깨치나니

13

좁은 길가에 무덤이 하나
이슬에 저지우며 밤을 새인다
나는 사라져 저 별이 되오리
뫼 아래 누워서 희미한 별을

33

어덕에 누워 바다를 보면
빛나는 잔물결 헤일 수 없지만
눈만 감으면 떠오는 얼굴
뵈올 적마다 꼭 한 분이구려

사행소곡

김영랑은 《시문학》 창간호에 13편의 시를 발표했는데, 그중 7편이 4행시였다. 4행으로 된 짧은 노래라는 의미로 '사행소곡'이라고 이름을 붙이고, '사행소곡칠수'라는 제목으로 7편을 발표했다. 《시문학》 2호에서는 '사행소곡오수'라는 제목으로 5편을 발표했다. 첫 시집 《영랑시집》에는 53편의 시 중 10번부터 37번까지 28편의 작품이 4행시일 정도로 4행의 형식을 즐겨 사용했다. 《영랑시선》의 2부에는 '사행시'라는 소제목으로 30번부터 54번까지 25편의 사행시를 수록했다.

애끈하고 조매로운

'애끈한', '조매로운'은 김영랑이 만든 시어이다. 언어에 대한 빼어난 감각을 가진 김영랑은 이 외에도 꽤 많은 시어를 만들었다. 시의 분위기에 어울리면서도 입에 감기는 단어를 만들어내기란 쉽지 않을 것이다. 그런데 김영랑은 이러한 시어를 만들어 시의 맛을 더 살리고 있다.

이 시어들은 김영랑의 조어이기 때문에 우리는 이 시어의 뜻을 유추할 수밖에 없다. 님을 두고 가는 길에 느끼는 애끈한 마음이란, 안타깝고 애달프고 애가 끊어질 듯한 마음일 것이다. 차마 발걸음이 떨어지지 않는 안타까운 마음. 그것을 김영랑은 '애끈한 마음'이라고 했다. '한숨 쉬면 꺼질 듯한 조매로운 꿈길'은 한숨만 쉬어도 깰 것 같은 꿈길이다. 혹시라도 사라질까 조마조마한 느낌이 들 정도로 연약하고 희미한 꿈길 속을 '조매로운 꿈길'이라고 표현했다.

무덤이 하나

김영랑은 1916년 열네 살의 나이에 두 살 위의 김은하와 결혼했다. 그런데 1918년 봄, 아내가 사망하게 된다. 이러한 사정 때문인지 김영랑의 시 가운데는 죽음과 상실의 분위기를 표현한 작품이 많은데, 이 시 역시 그렇다. 화자는 이슬에 젖으면서도 사랑하는 이의 무덤가에 누워 밤을 새운다. 무덤 속에 있는 그 사람 곁에 누워 사라진 사람을 그리워하고 있다.

어덕에 누워

이 시를 읽으면 앞서 소개한 <어덕에 바로 누워>가 떠오른다. 두 시는 소재와 배경이 비슷하다. <어덕에 바로 누워>에서 아슬한 하늘을 보았다면 이 시는 빛나는 바다를 바라본다. <어덕에 바로 누워>는 하늘을 보며 위안을 받는다면 이 시는 바다를 보며 그리운 사람을 떠올린다. 그래서 이 시는 정지용의 <호수>도 떠오르게 한다. "보고 싶은 마음 / 호수만 하니 / 눈감을밖에"라는 구절과 자연스럽게 연결된다.

이 시는……

처음 발표할 때는 '사행소곡'으로, 두 번째 시집인 《영랑시선》에서는 '사행시'로 묶여 발표된 4행의 짧은 시들. 이 가운데 여기서 소개한 세 편의 시는 모두 애틋함과 그리움이 가득 묻어난다.

애끈한 마음이 조매롭게 이어지는 첫 시. 님을 두고 홀로 가는 길은 차마 발걸음이 떨어지지 않는 길이다. 자꾸 뒤돌아보게 되고, 쉬이 발걸음을 옮기기가 어렵다. 나오는 건 한숨뿐이다. 한숨을 쉬면 꺼질 듯하고 한숨에도 깰 것 같은 연약하고 희미한 꿈길 속에서도 님과의 이별은 마음이 아프다. '깨치고'라고 발음을 하니, 한용운의 <님의 침묵>이 떠오른다. 푸른 산빛을 깨치고 나를 떠난 님의 마음이 애끈하고 조매로운 심정이 아니었을까?

이슬같이 고인 눈물을 흘리며 님을 두고 떠나왔는데, 그 님이 별이 되었다. 화자는 좁은 길가에 홀로 누워 있는 무덤을 찾아간다. 죽어서도 혼자인 쓸쓸한 사람 곁에 누워 밤새 같이 별을 바라본다. 나는 사라져서 저 희미한 별이 되고 싶다. 그래서 무덤 속의 님과 밤새 함께 있고 싶다는 두 번째 시.

뫼 아래 누워서 희미한 별을 볼 때도, 언덕에 누워 바다를 볼 때도 꼭 한 분, 님이 떠오른다. 언덕에 올라 바다를 보면 햇빛에 반짝이는 잔물결이 나를 간질인다. 저 잔물결은 헤아릴 수 없을 만큼 많지만, 눈 감으면 떠오르는 사람은 오직 한 사람뿐이다.

각각 다른 사행시지만 사랑하는 사람과의 이별과 그리움을 노래한 점에서는 같다. 시의 형식도 같아 마치 연시조 같은 느낌을 주기도 한다. 연시조의 제목은 '사행소곡 - 님 그리워' 정도가 어떨까?

제야

제운밤 촛불이 찌르르 녹아버린다
못 견디게 무거운 어느 별이 떨어지는가

어둑한 골목골목에 수심은 떴다 가란졌다
제운맘 이 한밤이 모질기도 하온가

히부얀 종이 등불 수줍은 걸음걸이
샘물 정히 떠 붓는 안쓰러운 마음결

한 해라 그리운 정을 몽고싸어 흰 그릇에
그대는 이 밤이라 맑으라 비사이다

가란졌다 가라앉았다.

히부얀 희뿌연.

몽고싸어 모으고 쌓아서.

제야

《영랑시집》에 실린 시들은 제목이 따로 있지 않고 번호만 붙어 있는데, 이 시는 끝에 '제야'라고 쓰여 있다. 제목이 없는 시들 가운데서 이 시는 '제야'라는 제목을 달고 있었던 셈이다.

12월 31일 밤을 제야라고 한다. 지금도 우리는 12월 31일 밤에 제야의 종소리를 들으며 1월 1일 새해를 맞이한다. 이 시는 이 제야를 시간적 배경으로 한다. 12월 31일 밤, 그러니까 제야에 화자는 그리운 이의 안녕을 소원하는 한 사람을 관찰하고 있다.

제운밤, 제운맘

'제운밤'은 여러 의미로 해석된다. '제야'를 순우리말로 바꾼 표현이라고 해석하기도 하고, '제우다'를 '지치다'의 방언으로 보아 '제운밤'을 '지친 밤'으로 해석하기도 한다. 그중 '제우다'를 '(힘에) 겹다'의 방언으로 해석하는 것이 적절해 보인다. 그러면 '제운밤'은 눈물겹고 힘겹게 보낸 한 해의 고단함을 표현하기 위해 쓴 표현이 된다.

그러니까 '제운밤'은 한 해의 마지막 밤이라는 의미로, 그 밤이 힘겹고 고단한 밤임을 나타낸다. 제야를 제운밤으로 바꿔서 제야에서 느낄 수 없는 또 다른 의미를 선사한다고 볼 수 있다. 제운밤은 다시 제운맘으로 연결되어 한해를 힘겹게 보낸 사람들의 삶을 나타내고 있다.

정화수

예로부터 우리 조상들은 이른 새벽에 깨끗하고 맑은 우물물을 길어 가족들의 무탈을 기원했다. 이때 길어 온 물을 정화수로 썼는데, 정화수를 떠놓고 정성을 다해 가족의 건강과 평안을 빈다. 한밤중에 조심스러운 발걸음으로 맑은 물을 정성스럽게 떠서 붓는 그 마음. 그 물을 흰 그릇에 담고 모두의 안녕을 간절히 비는 절실함. 이 소박하고 정갈한 마음이 섣달그믐 밤을 더 맑게 한다.

몯고싸어

이 시어는 처음 발표될 때는 '못고싸어', 《영랑시집》에 발표될 때는 '몯고싸

어', 《영랑시선》에 수록될 때는 '뫃고싸어'로 수정되었다. '몯다', '뫃다' 모두 '모으다'의 방언이거나 옛말이다. 이 시에는 '모으고 쌓아서'의 의미인 '뫃고싸어'뿐만 아니라 '제운밤, 가란졌다, 하온가, 비사이다' 등 방언과 예스러운 표현이 많이 사용되었는데, 이 표현들은 제야에 정한수를 떠놓고 부엌신에게 가족의 평안을 비는 행위와 잘 어울린다.

이 시는……

시간은 늘 변함없이 흘러가지만, 그 시간들 중 특정한 시간에 의미를 부여하는 경우가 있다. 제야가 그렇다. 8월 23일에서 24일로 넘어가는 시간은 별 의미가 없지만, 12월 31일에서 1월 1일로 넘어가는 시간에는 의미를 부여한다. 지금도 우리는 12월 31일 자정에 보신각종을 33번 치며 소원을 빈다. 사랑하는 사람들이 함께 모여 카운트다운을 하며 "해피뉴이어!"를 외치기도 한다. 덕담이 담긴 SNS를 주고받으며 새해를 맞이한다.

1930년대도 마찬가지였나 보다. 한 해를 살아내느라 지친 밤, 한 해의 마지막 밤에 촛불을 켠다. 촛불이 찌르르 녹아버렸다고 했으니 오랜 시간 초를 켜놓은 것이 분명하다. 촛불이 흘러내리는 것처럼 못 견디게 무거운 별도 떨어진다. 사람이 사는 골목골목마다 삶의 걱정과 수심은 크건 작건 간에 언제나 존재한다. 수심으로 지친 마음과 깊은 밤이 모질기만 하다. 제운 마음의 한 사람이 안개가 낀 듯 희뿌연 종이 등불을 켜고 수줍게 걸어간다. 조심스럽고 깨끗한 마음으로 샘물을 긷는다. 정성스레 샘물을 길어 흰 그릇에 담는다. 그리고 온 마음을 다해 그대의 안녕을 묻는다.

오늘 밤은 지친 밤이고, 촛불도 녹아버리고, 별도 떨어지는 밤이고, 골목마다 수심이 있는 밤이고, 마음이 지친 밤이다. 화자는 한 해 동안 쌓인 수심과 그리운 정을 모으고 쌓는다. 그것들을 정화수가 담긴 흰 그릇에 함께 담

고 말끔히 사라지길 기도한다. 오늘 밤은 제야이므로. 안 좋은 건 모두 내가 가져갈 테니, 그대의 밤은 맑기만을 빌어본다.

그런데 섣달그믐 밤, 제야에만 기도를 했을까? 초를 켜고, 종이 등불로 불을 비추며, 정한 마음으로 샘물을 떠서 그대의 안녕을 기원하는 것은 오늘 밤만의 특별한 일은 아니었을 것이다. 매일 해왔던 일이고, 그저 오늘은 제야일 뿐이다. 그대의 안녕을 빌었던 수없이 많은 날 중 한 날일 뿐이다. 그러니 정화수 떠놓고 그대의 안녕을 비는 날은 그대를 사랑하는 날까지 지속될 것이다.

가늘한 내음

내 가슴속에 가늘한 내음
애끈히 떠도는 내음
저녁 해 고요히 지는 때
먼 산허리에 슬리는 보랏빛

오! 그 수심 뜬 보랏빛
내가 잃은 마음의 그림자
한 이틀 정열에 뚝뚝 떨어진 모란의
깃든 향취가 이 가슴 놓고 갔을 줄이야

얼결에 여윈 봄 흐르는 마음
헛되이 찾으려 허덕이는 날
뻘 위에 철석 갯물이 놓이듯
얼컥 이는 훗근한 내음

아! 훗근한 내음 내키다 마는
서어한 가슴에 그늘이 도나니

수심 뜨고 애끈하고 고요하기
산허리에 슬리는 저녁 보랏빛

애끈히 안타깝고 애달프게.

슬리는 어리는.

훗근한 후끈한.

서어한 서먹서먹하여 탐탁지 못한.

가늘한 내음

'가늘한'은 '가늘다'의 독특한 활용형인데, '가늘다'는 모양이나 소리가 잘고 약하다는 의미이다. 이것으로 '가늘한 내음'을 유추해 보면, 약하고 희미하게 냄새가 이어진다는 의미일 것이다. 후각(내음)을 시각(가늘한)으로 표현했다는 점이 이채롭다. 내 마음을 애달프게 하는 냄새가 가느다란 연기처럼 떠돌면서 내 마음속까지 희미하게 이어진다.

수심 뜬 보랏빛

여름날 저녁 무렵, 해는 먼 산 뒤로 내려앉으면서 주위를 주황빛과 보랏빛으로 물들인다. 온 세상이 비현실적인 색으로 뒤덮인다. 온통 보랏빛이다. 해가 지고 보랏빛으로 물든 하늘에 달이 떠오른다. 화자의 잃어버린 마음에 생긴 그림자처럼 수심이 가득한 보랏빛 하늘이다.

뚝뚝 떨어진 모란

화자의 마음을 애달프게 하고 수심이 가득하게 하는 것은 무엇일까? 화자의 잃어버린 마음 때문이다. 화자가 잃은 것은 무엇일까? 뚝뚝 떨어진 모란이다. 한 이틀 만에 모란이 떨어지자 화자는 마치 봄 전체를 잃어버린 것만 같다. 그래서 모란의 흔적을, 잃어버린 봄을, 흘러버린 마음을 찾으려 허덕이고 있다. 그러나 그건 헛된 일이다. 봄은 이미 지나가 버렸기 때문이다.

훗근한 내음

봄이 지나고 여름이 오자 뜨거운 바닷바람이 불어온다. 바닷바람에 실려오는 것은 화자가 기대한 모란의 향기가 아니라 후끈한 바닷내음이다. 후끈한 바닷내음을 맡자 상실감이 커진다. 모란을 잃어버린 마음에 그늘이 생긴다. 산허리에 노을이 지면서 서리는 보랏빛이 화자의 서어한 마음을 더욱 애끈하게 한다.

이 시는……

이 시는 김영랑의 두 번째 시집인 《영랑시선》의 첫 번째 작품이다. 시를 가만히 읽어가다 보면 시인이 살았던 강진만의 저녁 무렵이 그려진다. 바야흐로 해질녘, 바다는 썰물이다. 썰물로 바닷물이 빠진 뒤 갯벌이 그대로 드러난다. 화자는 바닷가에 앉아 하늘을 바라본다. 산 뒤로 떨어진 해가 온 바다와 하늘과 산을 붉은색과 보라색으로 뒤덮는다. 어디선가 모란의 향기가 가느다랗게 나는 것도 같다. 바닷가의 짭짤하고 비릿한 갯내가 후끈하게 풍긴다.

모란이 졌다. 한 이틀 강한 햇볕에 모란은 져버렸다. 그렇게도 기다렸던 봄인데 모란이 뚝뚝 떨어져 버렸다. 마음의 준비도 되지 않았는데 모란은 져버렸다. 마음의 준비도 없이 얼떨결에 모란을 잃어버렸기에 그 상실감은 더 크다. 준비되지 않은 이별을 겪은 화자의 마음은 서어하다. 서먹서먹하고 마음이 좋지 않다. 애끈하니 안타깝고 애달프기도 하다.

화자는 결국 그렇게 봄을 잃어버렸다. 뚝뚝 떨어진 모란과 함께 져버린 마음을 찾으려 허덕이나 헛된 일이다. 그래서 수심이 가득 차고 안타깝고 애달프다. 고요한 보랏빛 저녁 하늘을 바라본다. 가늘하고 후끈한 내음이 화자의 마음속으로 들어온다.

모란은 어떤 의미일까? 모란이 뚝뚝 떨어져 버렸다고 화자가 절망에 빠질 만큼이라면, 그에게 모란은 어떤 존재인 것일까? <모란이 피기까지

는>에서 그 의미를 자세히 찾아볼 수 있다. 그런 측면에서 이 시는 <모란이 피기까지는>과 이어진다고 볼 수도 있겠다.

이 시에서는 '가늘한', '애끈히', '슬리는', '훗근한', '서어한'과 같은 낯선 단어가 사용되어 시를 더 맛깔나게 한다. 새로운 시어를 만들어내기도 하고, 전라도 방언을 시어로 사용하기도 하면서 상실감을 감각적으로 표현하고 있다. 눈에 보이지 않는 상실감을 가느다랗고 애끈한 냄새로, 먼 산의 보랏빛으로, 바닷내음의 후끈한 촉감으로 그려낸다.

내 마음을 아실 이

내 마음을 아실 이
내 혼자 마음 날같이 아실 이
그래도 어디나 계실 것이면

내 마음에 때때로 어리우는 티끌과
속임 없는 눈물의 간곡한 방울방울
푸른 밤 고이 맺는 이슬 같은 보람을
보밴 듯 감추었다 내어 드리지

아! 그립다
내 혼자 마음 날같이 아실 이
꿈에나 아득히 보이는가

향 맑은 옥돌에 불이 달아
사랑은 타기도 하오련만
불빛에 연긴 듯 희미론 마음은
사랑도 모르리 내 혼자 마음은

간곡한 간절한. 마음과 정성을 다하는.

희미론 희미한.

달아 몹시 뜨거워져.

내 마음을 아실 이

내 마음을 알아주는 사람이 있다면 얼마나 든든할까? 내 마음을 알아주는 사람을 우리는 '지음(知音)', '단짝 친구', '소울메이트' 등으로 부른다. 나를 인정해 주고 나를 사랑해 주며 내 마음을 나보다도 더 잘 아는 사람을 만난다면 충분히 행복할 것이고, 성공한 인생이라고 할 것이다. 그러나 그런 사람을 만난다는 것이 그리 쉽지 않다. 이 시의 화자 역시 어딘가에 있을 '내 마음을 아실 이'를 기다리고 있다.

내 마음에 어리우는 티끌

나의 마음을 알아주는 사람이 나타난다면 나의 진실한 마음을 그대로 내어 보일 것이다. 아무에게도 말하지 못한 채 마음속을 어지럽게 하는 티끌 같은 걱정을, 간곡한 진실의 눈물에 맺히는 보람을 내어 보일 것이다. 나보다 더 나를 잘 아는 사람에게 그 진실의 마음을 내어 드리면 나는 더 이상 외롭지 않을 것이다. 그러나 안타깝게도 그런 사람은 꿈에나 아득히 존재한다. 그리운 마음만 커져간다.

향 맑은 옥돌에 불

사랑은 향 맑은 옥돌에 불이 달아 타오르는 것과 같다. 맑은 향이 나며 옥돌에 불이 달아오르는 것처럼 은은하고 눈에 잘 보이지도 않는다. 하지만 그 어느 것보다 뜨겁다. 그 불같은 사랑이 옥돌에 숨어 있는 옥을 발견하게 해줄 것이다. 내 안에 숨어 있는 사랑을 발견하게 해줄 것이다.

내 혼자 마음

내 마음을 알아주는 사람, 내 마음속을 나만큼 아는 사람이 어디에 있냐고 묻는다. 표현하지 않은 나의 마음을 알아주는 사람이 있다는 건 불가능하다. 그런 사람은 존재할 수 없다. 꿈에나 아득하게 보이고, 연기처럼 희미하게 보인다.

그러나 내 마음이 너무 답답할 때, 외롭고 쓸쓸할 때, 말하지 않아도 내 마음을 알아주고 위로해 줄 사람을 떠올린다. 그것이 불가능하다는 것을 알면서도 말이다. 인간은 이렇게 불완전한 존재인가 보다.

이 시는……

거문고의 명인 백아가 자기의 소리를 잘 이해해 준 벗 종자기가 죽자 더 이상 자신의 거문고 소리를 아는 이가 없다고 하여 거문고 줄을 끊었다는 데서 유래한 '지음(知音)'이라는 말이 있다. 지음은 마음이 서로 통하는 친한 벗을 비유적으로 이르는 말이다. 이 시에서 말하는 '내 마음을 아실 이'가 바로 이 지음이다. 그러나 살면서 지음을 만나는 것은 참 어려운 일이다. 눈을 감고 내 곁에 있는 사람을 한 명씩 떠올려 보자. '내 마음을 아실 이'가 떠오르는가?

이 시의 화자는 '내 마음'을 알아줄 사람을 찾고 있다. 그러나 그 사람은 꿈에나 아득히 보일 것이라고 말하고 있으므로 내 마음을 나처럼 알아주는 사람은 존재하지 않는다는 것을 화자 역시 잘 알고 있다. 내 마음을 알아주는 사람이 나타난다면, 내 마음속의 모든 감정을 숨김없이 내어 드릴 것이라고 말한다. 마음의 고통, 진실의 눈물, 결실의 보람을 보배처럼 감추었다 내어 드릴 것이라고 한다. 아픔도 슬픔도 내 삶의 보람도 다 드릴 것이라고 한다. 나의 온 마음을 아실 이가 나타나면 말이다. 그런데 나의 온 마음을 아실 이, 나와 함께 사랑할 이는 어디에도 존재하지 않는다. 그래서 화자는 외롭고 답답하다.

답답한 마음을 툭 터놓고 말할 사람이 있다는 건 행복한 일이다. 그러나

그런 사람을 만나는 건 쉽지 않다. 어쩌면 영원히 나타나지 않을 수도 있다. 그렇다면 내 마음을 가장 잘 아는 사람이 내가 되어보는 건 어떨까? 아픈 마음, 속상한 일, 괴로웠던 사건들을 외면하지 말고 내 감정을 솔직히 들여다보며 나를 만나보면 어떨까? 나의 아픔도 슬픔도 행복도 사랑하는 내가 되면 어떨까?

이제 내 감정과 솔직하게 대면해 보자. 내 마음을 알아주는 사람이 없다고 탄식하지 말고, 내 혼자 마음을 내가 잘 알아주고 나를 더 사랑하는 일부터 시작해 보자. 그렇게 나를 알아가게 되면 자연스럽게 내 마음을 아실 이가 나타나지 않을까? 내가 나를 사랑하다 보면 내 마음을 아실 이가 나타나지 않을까?

모란이 피기까지는

모란이 피기까지는
나는 아직 나의 봄을 기다리고 있을 테요
모란이 뚝뚝 떨어져 버린 날
나는 비로소 봄을 여읜 설움에 잠길 테요
오월 어느 날 그 하루 무덥던 날
떨어져 누운 꽃잎마저 시들어 버리고는
천지에 모란은 자취도 없어지고
뻗쳐오르던 내 보람 서운케 무너졌느니
모란이 지고 말면 그뿐 내 한 해는 다 가고 말아
삼백예순날 하냥 섭섭해 우옵내다
모란이 피기까지는
나는 아직 기다리고 있을 테요 찬란한 슬픔의 봄을

나의 봄

사람마다 봄을 느끼는 지점이 다르다. 매화가 피면 봄이라 생각하는 사람도 있고, 아지랑이 오르면 봄이라 생각하는 사람도 있다. 이 시의 화자에게는 모란이 피어야 비로소 진정한 봄이 오는 것이다. 모란이 피어야 화자의 봄은 완성된다. 모란이 피기 전까지는 아직 봄이 왔다고 할 수 없다. 그래서 화자에게 모란은 봄이다. 그런데 일 년 내내 기다렸던, 나의 봄이었던 모란이 며칠 가지도 못하고 뚝뚝 떨어져 버렸다. 모란이 눈물처럼 뚝뚝 떨어져 버렸으므로 나의 봄도 사라져 버린 것이다. '나'는 모란도 봄도 잃은 설움에 잠긴다.

모란이 뚝뚝

모란은 매화나 벚꽃처럼 흩날리지 않는다. 큰 꽃봉오리가 뚝뚝 떨어진다. 온 힘을 다해 빨갛게 피워냈던 큰 꽃이 힘을 잃고 뚝뚝 떨어진다. 봄바람에 떨어지기도 하고, 봄비에 뚝 떨어지기도 한다. 모란이 지는 모습은 마치 눈물이 뚝뚝 떨어지는 것 같고, 모가지를 끊어내는 것 같기도 하다.

삼백예순날 하냥

화자의 시간은 모란이 피어 있는 날과 그렇지 않은 날로 나뉜다. 모란이 피어 있는 그 시간에는 아름다운 봄을 만끽하지만 모란이 지면 일 년이 끝났다고 생각한다. 그래서 모란이 지고 나면 삼백예순날 내내 모란을 기다리며 계속 섭섭해한다. 화자에게는 모란이 봄이고 한 해이기도 하다. 이런 화자의 마음을 잘 살려주는 시어가 '하냥'이다. '하냥'이라는 말은 '늘', '함께'의 방언으로 '한없이', '마냥', '항상'의 발음과도 비슷하여 화자의 마음을 더 애틋하게 잘 드러낸다.

찬란한 슬픔의 봄

1, 2행과 11, 12행은 수미쌍관의 구조로, 12행을 약간 변주하여 비슷한 문장을 반복하고 있다. 2행과 12행을 살펴보면 '나의 봄'은 곧 '찬란한 슬픔의 봄'이라는 것을 알 수 있다. 모란이 피어야 진정한 나의 봄이 온다. 모란은 곧 나의 봄이며, 나의 보람이며, 나의 한 해이기도 하다. 이런 모란이 피기를 기다리는 것은 찬란한 일이다. 그러나 모란은 한 닷새 피고는 모가지를 뚝

뚝 끊어내며 떨어지고 자취도 없이 사라지고 만다. 모란이 지고 나면 봄을 잃은 슬픔에 마냥 섭섭해 울며 설움에 잠기게 된다. 나의 봄은 슬픔이다. 그래서 모란이 피고 지는 나의 봄은 찬란하지만 슬프다.

이 시는……

사람마다 계절이 바뀌는 것을 느끼는 결정적 장면이 있다. 나의 봄은 매화에서부터 시작한다. 남쪽에서 매화가 피기 시작했다는 뉴스를 볼 때 봄이 왔다는 것을 안다. 홀로 아득한 매화 향기를 맡으면 아무리 꽃샘추위가 기승을 부린다 하더라도 되돌릴 수 없는 봄이 왔다는 것을 느낀다.

영랑에게는 모란이 그러하다. 1934년 '찬란한 슬픔의 봄'을 노래하며 지금까지도 사랑받는 이 시에서 영랑은 봄을 노래하고 모란을 노래한다. 영랑에게 봄은 곧 모란을 의미하고, 모란은 곧 봄이며 그리하여 보람이 된다. 영랑의 봄은 모란이 피어야만 마침내 완성된다.

모란과 함께 나의 보람과 마음은 활짝 피어오르며 뻗쳐 오른다. 그런 모란이 뚝뚝 떨어져 버린다. 그 큰 꽃잎이 시들어버리고 자취도 향기도 사라져 버린다. 모란과 함께 피어오르던 나의 보람도 무너져 버린다.

그렇다면 '봄'은 무엇을 의미하는 걸까? 모란이자 보람이며, 찬란한 슬픔인 봄은 화자가 생각하는 완벽한 아름다움이자 행복, 간절히 닿길 원하는 이상향이라고 볼 수 있을 것이다. 잠깐씩만 허락되는 곳. 그래서 더욱 도달하고 싶고 소유하고 싶은 것. 그것이 봄이며 모란이 아닐까?

소소하지만 인생을 행복하게 하는 것들이 하나씩 있었으면 좋겠다. 그 기다림으로 버거운 삶을 견딜 수 있게 말이다. 8월 말에 반짝 볼 수 있는 반딧

불, 몇십 년을 기다려야 하지만 언젠가는 보게 되는 일식이나 월식, 정신없이 달리기만 하는 도로를 한 번쯤 멈춰서서 보게 하는 4월의 벚꽃, 2월에만 맛볼 수 있는 달큼한 새조개 같은 것들. 김영랑에게 모란이 그러했듯이 우리도 우리를 행복하게 하고 보람이 뻗쳐 오르게 하는 모란 같은 것이 있으면 좋겠다.

강선대 돌바늘 끝에

강선대 돌바늘 끝에
하잔한 인간 하나
그는 벌써
불타오르는 호수에 뛰어내려서
제 몸 살랐더라면 좋았을 인간

이제 몇 해뇨
그 황홀 만나도 이 몸 선뜻 못 내던지고
그 찬란 보고도 노래는 영영 못 부른 채
젓어 드는 물결과 싸우다 넘기고
시달린 마음이라 더러 눈물 맺었네

강선대 돌바늘 끝에 벌써
불살랐어야 좋았을 인간

하잔한 ① 주위 따위가 텅 빈 것 같은 외롭고 쓸쓸한 듯한 느낌이 있는.

② 무엇을 잃어버린 것 같은 서운한 느낌이 있는.

살랐더라면 불에 태워 없앴더라면.

강선대 돌바늘 끝

금강산은 빼어난 절경으로 유명한 곳인데, 여기 강선대는 그중에서도 신선들이 내려와 구경할 정도로 경치가 아름다운 곳이라고 한다. 돌바늘처럼 뾰족하게 높이 솟은 바위가 절경을 이루는 곳에서 화자는 노을 지는 금강산의 절경을 본다. 이 시는 아름답고 신비스러운 자연의 풍경에 취한 화자의 심리를 표현하고 있다.

하잔한 인간

'하잔한'은 '하찮은', '보잘것없는'의 의미로 해석할 수 있다. 시를 소리 내어 읽어보면 '하잔한'은 '하찮다'와 '애잔하다'를 합쳐놓은 듯하다. 하찮아서 애잔한 존재. 경이로운 자연 앞에서 인간은 하찮게 보일 때가 있다. 황홀하고 찬란한 대자연 앞에서 인간은 더욱 작아지고 한계는 더욱 크게만 느껴진다. 그래서 인간은 하잔하다.

황홀과 찬란

화자는 황홀하고 찬란한 순간을 시로 표현하지 못하는 시인은 시인이라 할 수 없다고 생각한다. 아름다움을 위해 목숨을 희생할 수 있어야 진정한 시인이라고 믿는다. 속세에 물들고 세속에 시달리면서 그렇게 시간만 흘려보내며 사는 건 하잔하다고 한다. 황홀과 찬란 속에 자신을 내던질 수 없는 시인은 하잔하다고 말한다. 그게 인간의 한계라고 말한다.

유미주의

이 시에는 삶에 대한 허무 의식과 유미주의가 짙게 배어 있다. 유미주의란 예술지상주의, 즉 예술의 목적은 예술 그 자체라고 생각하는 것으로, 아름다움의 추구가 예술의 목적이라는 태도를 말한다. 황홀한 절경을 보았으니 죽어도 좋다는 화자의 말에는 인간 존재에 대한 허무와 미에 대한 극단적 추구인 유미주의적 태도가 단적으로 나타나 있다.

이 시는○○○○○○

가끔 "아, 지금 죽어도 여한이 없겠어."라는 말이 나도 모르게 튀어나올 때가 있다. 너무 행복해서 더 바랄 것이 없을 때 그렇다. 이렇게 행복해도 되나 싶을 때, 내게 남은 행복을 미리 당겨서 쓰고 있는 건 아닐까 싶을 때가 있다. 사랑하는 가족과 여행하며 아름다운 풍경을 바라보거나, 무탈하게 하루를 보내고 온 가족이 둘러앉아 저녁을 먹는 평범한 밤을 보낼 때 그런 생각이 든다.

화자는 노을이 지는 강선대 돌바늘 위에 올라 산 아래를 바라보며 그런 생각을 했나 보다. 김영랑이 자신의 시집 앞에 "A thing of beauty is a joy for ever(아름다운 것은 영원한 기쁨이다)."라는 존 키츠(John Keats)의 시 구절을 인용했을 만큼 아름다운 것에 대한 갈망이 깊었다는 것을 생각하면 화자의 심정이 충분히 이해된다. 강선대에서 금강산의 아름다운 비경을 보면서 여기서 지금 죽어도 여한이 없겠다는 생각을 했을지도 모르겠다.

강선대 위에서 바라보니 구름이 발아래 깔려 있다. 노을이 지면서 구름 위가 빨갛게 물든다. 불타오르는 호수 같다. 뛰어내리면 폭신하게 받아줄 것만 같다. 참으로 황홀하다. 찬란하다. 그러나 절대적인 아름다움이 주는 황홀을 느끼고도, 강선대의 절경이 빚어낸 찬란함을 보고도 죽음은 고사하고 시도 쓸 수가 없다. 세속에 물들고 속세에 시달린 채 살았기 때문이다.

이 아름다움을 표현하기에 인간은 너무 보잘것없고 하잔하다. 자연의 아름다움에 비해 인간의 삶은 부질없고 유한하다. 점점 작아지는 하잔한 인간 하나는 그 황홀한 절경 앞에서 죽지도 못하고 시도 쓰지 못한 채 후회의 눈물만 흘리며 늙어간다.

이 시는 '강선대'와 '인간'의 관계를 통해 김영랑의 유미주의적이고 허무주의적 시 세계를 잘 보여준다. 강선대는 인간의 목숨이 하찮게 느껴질 만큼 황홀하고 찬란한 자연 그 자체이다. 반면 인간의 삶은 보잘것없고 초라하다. 자연보다 아름다울 수 없는, 자연의 아름다움도 표현할 수 없는 인간의 한계를 표현한 이 시는 유미주의와 허무주의가 잘 드러나 있다.

사개 틀린 고풍의 툇마루에

사개 틀린 고풍의 툇마루에 없는 듯이 앉아
아직 떠오를 기척도 없는 달을 기다린다
아무런 생각 없이
아무런 뜻 없이

이제 저 감나무 그림자가
사뿐 한 치씩 옮아오고
이 마루 위에 빛깔의 방석이
보시시 깔리우면

나는 내 하나인 외로운 벗
가냘픈 내 그림자와
말없이 몸짓 없이 서로 맞대고 있으려니
이 밤 옮기는 발짓이나 들려오리라

고풍 예스러운 풍경이나 모습.

툇마루 한옥에서 집채와 바깥 공간을 이어주는, 걸터앉을 수 있을 만한 너비의 길쭉한 마루.

치 길이의 단위. '한 치'는 약 3센티미터.

사개

'사개'란 상자 따위의 모퉁이를 끼워 맞추기 위해 서로 맞물리는 끝을 들쭉날쭉하게 파낸 부분을 말한다. 대개 한옥은 못을 사용하지 않고 나무를 퍼즐처럼 깎아서 끼워 맞춘다고 하는데, 이런 부분을 사개라고 한다. 이런 사개가 벌어져 틀어졌을 만큼 오래된 예스러운 집의 툇마루를 '사개 틀린 고풍의 툇마루'라고 했다.

없는 듯이 앉아

화자는 고풍스러운 툇마루에 아무 생각 없이, 아무 뜻 없이 앉아 달을 기다린다. 없는 듯이 앉아 달을 기다린다. 말없이, 몸짓 없이 기다리고 있다. 생각도, 뜻도, 말도, 몸짓도 없다. 그래서 마치 '나'라는 존재 자체가 없는 듯이 앉아 떠오를 기척도 없는 달을 기다린다. 여기는 온통 없는 것들뿐이다. 오로지 달과 그림자만 존재하는 고요한 시공간이다.

달그림자

어느덧 달이 떠오르자 툇마루에 감나무 그림자가 드리운다. 마치 그림자 빛깔의 방석이 툇마루에 깔리는 것 같다. 달이 이동하면서 방석 같은 감나무 그림자가 한 치씩 옮겨진다. 고요함 속에 달그림자가 소리도 없이 조금씩 이동한다. 눈에 보이지 않는 시간의 흐름을 달그림자를 통해 시각적으로 표현하고 있다.

보시시

달에 비친 감나무 그림자가 보시시 방석처럼 깔린다. '보시시'는 '살포시'와 비슷한 말로 '포근하게 살며시'의 뜻이다. 같은 의미이지만 '보시시'가 '살포시'보다 더 부드럽게 발음되기 때문에 달빛의 은은함과 부드러움이 더 잘 나타난다. 같은 의미를 지니고 있어도 어떤 언어를 사용하느냐에 따라 시의 느낌은 달라진다. '보시시'는 언어에 대한 김영랑의 섬세한 감각을 잘 드러내는 시어이다.

이 시는……

이 시를 읽으면 이태준의 단편 <달밤>의 한 장면도 떠오르고, 동양화의 한 장면도 떠오른다. 화자는 선선한 가을밤, 오래되었지만 기품 있는 한옥의 툇마루에 앉아 있다. 고요한 시간 속의 이 공간은 온통 없는 것들 투성이다. 화자는 없는 듯이 앉아 있다. 생각도 없이, 뜻도 없이 앉아 있다. 이곳과 이 시간과 '나'는 하나가 된 듯하다. 복잡한 세상 속, 생각은 해서 무엇하리. 무념무상의 상태로 달이 떠오르길 기다린다. 어느덧 달이 떠오르고 툇마루 위로 감나무 그림자가 드리운다. 툇마루 위에 그림자 빛깔의 방석이 보시시 깔리는 듯하다. '나'는 그대로인데 그림자 방석이 한 뼘씩 자꾸 옮아간다. 달을 따라 방석이 옮아간다. 고요함 속에 그림자만 조금씩 움직인다.

없는 듯 앉아 있던 '나'는 그림자를 마주한다. '나'도 '내 그림자'도 외롭고 가냘프다. '나'와 그림자는 아무 움직임도 없이 서로 맞대고 있다. 그림자는 하나뿐인 '나'의 벗이다. 무념무상의 '나'가 말없이 몸짓 없이 그림자와 대면하니, 이 밤이 움직이는 발짓, 몸짓 소리가 들려오는 것 같다. 고요한 풍경이다. 고요를 넘어 적막하다. 밤이 움직이는 발소리가 들릴 것만 같다. 절대 고요의 공간에서, 절대 고독의 공간에서 '나'는 그저 자신의 그림자와 대면하는 수밖에는 다른 방법이 없다.

나도 그럴 때가 있다. 내가 사개 틀린 오래된 툇마루처럼 낡아가는 것 같

고, 내가 아무것도 아닌 것 같을 때. 내 존재가 잘 보이지 않을 때. 그럴 때 달을 기다린다. 달이 뜨면, 달빛이 보시시 나를 감싸며 나를 위로해 줄 것 같다. 달빛 속의 나는 덜 외로울 것 같다.

이 시는 달빛이 고요하게 올라오는 밤의 적막함을 표현하고 있다. 달이 떠오르고, 그 달은 아주 조금씩 떠올라 툇마루에 감나무 그림자를 남긴다. 누군가가 앉아 있을 만한 방석만 한 그림자가 생긴다. 그러나 아무도 없다. 거기에는 감나무 그림자와 화자의 그림자만 있을 뿐. 화자는 달빛에 드리운 자신의 그림자를 마주한다. 달은 그림자를 만들어 화자가 자신의 내면과 대면하도록 한다. 그리하여 화자가 대면하게 되는 것은, 생각도 뜻도 없는, 그래서 이 세상을 없는 듯이 살아가는, 무념무상의, 말도 없고 몸짓도 없는 외롭고 가냘픈 자신의 모습이다.

황홀한 달빛

황홀한 달빛
바다는 은장
천지는 꿈인 양
이리 고요하다

부르면 내려올 듯
정 든 달은
맑고 은은한 노래
울려 날 듯

저 은장 위에
떨어진단들
달이야 설마
깨어질라고

떨어져 보라
저 달 어서 떨어져라

그 혼란스럼
아름다운 천동 지동

후젓한 삼경
산 위에 홀히
꿈꾸는 바다
깨울 수 없다

후젓한 '호젓한(후미져서 무서움을 느낄 만큼 고요한)'보다 음상이 큰 말.

홀히 홀로이('홀로'를 강조하여 이르는 말).

바다는 은장

'은장'은 은으로 된 공간, 은빛의 장소라는 뜻이다. 깜깜한 밤에 보름달이 뜬 바다 위에 달빛이 비쳐 수면이 반짝반짝 빛나는 모습을 '바다는 은장'이라는 두 단어로 표현하고 있다. 은은한 달빛이 바다에 빛나는 모습을 바라보고 있자니 황홀해진다. 천지는 고요하고 달빛은 황홀하여 마치 꿈인 듯하다.

정 뜬 달

<가늘한 내음>에 '수심 뜬'이라는 시구가 쓰였다. '수심 뜬'을 '수심이 어린'으로 해석할 수 있으므로 여기에서의 '정 뜬'은 '정이 어린', 즉 사랑이나 친근감을 느끼는 마음이 어린다는 뜻으로 해석할 수 있다. '정 뜬 달'은 '정이 어린 달'로 해석하거나 '정 같은 달이 뜬 것'으로도 해석할 수 있다.

밤바다 위에 황홀하게 정 뜬 달을 부르면 나에게 내려올 것만 같다. 맑고 은은한 노래가 들릴 것만 같다.

천동 지동

달이 은장 바다 위에 떨어진다면 어떻게 될까? 달이 은장 위에서 유리처럼 깨질까? 은장이 쩍 하고 갈라질까? 천동 지동, 즉 하늘과 땅이 움직일 듯하다. 달이 떨어지면서 하늘에서는 천둥소리가 날 것이고, 달과 땅이 부딪치면서 땅이 흔들릴 것이다. 하늘과 땅이 동시에 흔들리며 온 세상이 정신없이 아름다운 빛과 소리를 낼지도 모르겠다. 하늘도 땅도 움직이는 그 혼란스러움은 눈부시게 아름다울 것이다.

후젓한 삼경

삼경(밤11시에서 1시 사이), 무서움을 느낄 만큼 고요한 한밤중이다. 화자는 산 위에서 홀로 바다를 바라보고 있다. 달이 떨어지면 어떻게 될까 하는 상상도 해보지만, 은장의 바다도 화자가 있는 산도 고요하다. 황홀한 달빛에 취해 꿈을 꾸는 듯하다. 지금은 빛나는 바다를 차마 깨울 수 없을 만큼 고요하다. 호젓한 삼경이다.

이 시는……

화자는 산 위에 있다. 산 위에서 바다를 보고 있으니 바다 위로 달이 뜬다. 바다는 온통 은장이다. 은은하고 맑은 노래가 들리는 것 같다. 은은한 달빛에 바다가 빛난다. 은장. 햇빛이 비치는 바다가 금장이라면, 달빛이 비치는 바다는 은장일 것이다. 금장은 눈이 부셔 오래 쳐다볼 수 없지만 황홀한 달빛의 은장 바다는 질리도록 바라볼 수 있다.

화자는 은장의 바다를 보면서 이런 상상도 한다. 달걀을 깨뜨려 노른자가 그릇 속으로 쏙 빠지듯, 달이 바닷속으로 쏙 빠진다면? '풍덩' 하는 소리와 함께 온 사위는 깜깜해지겠지. 큰 여울도 일겠네. 꽁꽁 언 호숫가에 돌을 던지면 쩍 하고 금이 가는 것처럼, 달이 바다 위에 떨어진다면 설마 달이 깨지진 않겠지? 하늘에서 달이 떨어지는 소리, 달과 땅이 부딪히는 소리로 온 세상은 뒤집어지겠지? 그 소리는 참으로 아름답겠지?

이런 요란하면서도 아름다운 소리를 상상하지만 지금은 삼경이다. 무서운 느낌이 들 만큼 고요하고 쓸쓸한 시간이다. 이런 시간에 화자는 바다가 가장 잘 보이는 곳, 아무도 없는 산 위에서 은장을 바라본다. 맑은 파도 소리는 은은히 들려오고, 황홀한 달빛에 바다는 반짝인다. 이 달빛으로는 고요한 시간을, 고요한 바다를 깨울 수 없다. 꿈꾸는 듯한 황홀한 바다를 깨울 수 없다.

이 시는 아주 늦은 시간 산 위에서 바다를 바라보는 모습을 표현하고 있다. 달빛 가득한 바다를 보면서 신나는 상상을 하는 화자. 그 상상만이 삼경의 고요를 깬다. 그러나 여전히 현실은 고요하다. 황홀한 달빛만 가득하다. 꿈을 꾸듯 바다만 은장으로 빛난다.

두견

울어 피를 뱉고 뱉은 피 도로 삼켜
평생을 원한과 슬픔에 지친 작은 새
너는 너른 세상에 설움을 피로 새기러 오고
네 눈물은 수천 세월을 끊임없이 흐려놓았다
여기는 먼 남쪽 땅 너 쫓겨 숨음 직한 외딴곳
달빛 너무도 황홀하여 후젓한 이 새벽을
송기한 네 울음 천 길 바다 밑 고기를 놀내고
하늘가 어린 별들 버르르 떨리겠구나

몇 해라 이 삼경에 빙빙 도는 눈물을
씻지는 못하고 고인 그대로 흘리었느니
서럽고 외롭고 여윈 이 몸은
퍼붓는 네 술잔에 그만 지늘꼈느니
무섬증 드는 이 새벽 가지 울리는 저승의 노래
저기 성 밑을 돌아나가는 죽음의 자랑찬 소리여
달빛 오히려 마음 어둘 저 흰 등 흐느껴 가신다
오래 시들어 파리한 마음마저 가고지워라

비탄의 넋이 붉은 마음만 낱낱 시들피나니
짙은 봄 옥 속 춘향이 아니 죽었을나디야
옛날 왕궁을 나신 나이 어린 임금이
산골에 홀히 우시다 너를 따라 가셨드라니
고금도 마주 보이는 남쪽 바닷가 한 많은 귀양길
천리 망아지 워낭소리 쉰 듯 멈추고
선비 여윈 얼굴 푸른 물에 띄웠을 때
네 한 된 울음 죽음을 호려 불렀으리라

너 아니 울어도 이 세상 서럽고 쓰린 것을
이른 봄 수풀이 초록빛 들어 풀 내음새 그윽하고
가는 댓잎에 초승달 매달려 애틋한 밝은 어둠을
너 몹시 안타까워 포실거리며 훗훗 목메었느니
아니 울고는 하마 죽어 없으리 오! 불행의 넋이여
우지진 진달래 와직 지우는 이 삼경의 네 울음
희미한 줄 산이 살포시 물러서고
조그만 시골이 홍청 깨어진다

송기한 두려움으로 몸을 오싹하게 하는. 소름이 돋게 하는.

지늘꼈느니 짓눌렀느니.

무섬증 무서운 느낌.

가고지워라 사라져 버렸으면 좋겠다.

시들피나니 시들게 하니.

쉰 듯 멈추고 지친 듯 사그라져 멈추고. '쇠다'는 좋지 않은 쪽으로 심해진 상태를 뜻한다.

호려 '호리다(남을 유혹하여 정신을 흐리게 하다)'의 활용.

포실거리며 작은 물체가 가늘게 움직이는 모양.

줄 산 줄지어 있는 산.

두견

두견은 '귀촉도, 불여귀, 자규, 두백, 촉혼' 등 다양한 이름으로 불리는데, 중국 촉나라의 망제라는 충신이 죽어 두견새가 되었다는 설화가 전해진다. 고국이 망해서 돌아가지 못해 슬퍼하던 망제가 죽어 두견새가 되었는데, 밤마다 '불여귀 불여귀(돌아가지 못한다)' 하며 목구멍에서 피가 나도록 울었다는 전설이다. 애절한 두견의 울음소리에 슬픈 이야기까지 더해져, 두견은 문학작품의 소재로 많이 쓰인다.

죽음의 노래

울면서 피를 토하고 그 피를 도로 삼키면서 우는 두견새, 평생 원한과 슬픔에 지친 새, 설움을 피로 새긴 새, 외딴 남쪽 땅으로 쫓겨와 수천 세월 동안 끊임없이 눈물을 흘린 두견새. 달빛 황홀한 삼경에 우는 두견새의 울음소리가 바다 밑 고기를 놀래키고, 하늘가 어린 별을 버르르 떨게 하고, 나뭇가지를 울린다. 두견의 한스러운 울음이 죽음을 부르는 것 같다. 두견의 울음은 저승의 소리이며 죽음의 노래이다.

저 흰 등

아직도 무섬증이 드는 새벽이다. 두견이 나뭇가지에 앉아 저승의 노래를 부르다 성 밑을 돌아나간다. 죽음의 노래를 부르는 두견의 등이 언뜻 달빛에 비친다. 서럽고 외로운 두견새의 등 위로 죽음의 흰 빛과 같은 달빛이 비친다. 두견새 등에 비친 달빛이 화자의 마음을 어둡게 한다. 화자의 마음은 오래 시들어 파리하다. 두견의 모습이 마치 화자의 모습 같고, 1935년을 살고 있는 우리 민족의 서러운 울음 같다.

나이 어린 임금

'나이 어린 임금'은 단종이다. 단종은 수양대군에게 왕위를 빼앗기고 강원도 영월 산골에 유배되었을 때 <자규시>를 썼다고 한다. "두견 소리 끊긴 새벽 멧부리에 지새는 달빛만 희고 / 피를 뿌린 듯한 봄 골짜기에 지는 꽃만 붉구나"라고 자신의 한과 외로움을 절규한 시를 남기고 수양대군에 의해 죽임을 당했다. 이 이야기를 '산골에 홀히 우시다 너(두견)를 따라 가셨'다고 표현하고 있다.

이 세상 서럽고 쓰린 것

호젓한 새벽에 두견의 목멘 울음소리에 화자는 잠 못 이루고, 조그만 시골 마을도 잠 못 이룬다. 두견이 울지 않아도 이 세상은 서럽고 쓰리건만 기어이 두견은 목이 메도록 운다. 그 울음소리가 두견화, 즉 진달래꽃을 와직 지워버린다. 두견의 서러운 울음은 우거진 진달래꽃을 와직 떨어뜨린다. 풀 내음새 그윽한 봄밤이지만 두견은 목이 메도록, 진달래꽃이 떨어지도록 슬피 운다.

이 시는……

이 시는 김영랑이 즐겨 쓰던 4행시나 8행시와 달리 상당히 길다. 역사 속에서 오랫동안 전해 내려오는 두견의 슬픈 전설을 긴 시행에 담고 있다. 풀 내음새 그윽한 이른 봄밤, 목이 메도록 우는 두견새. 그 울음이 조그만 시골을 깨우고 바다와 하늘도 떨게 한다. 두견의 울음 속에는 원한, 슬픔, 설움, 비탄이 서려 있다. 서럽고 쓰린 이 세상과 함께 울어주었기 때문이다. 수천 세월을 끊임없이 그러했다. 그래서 두견의 울음 속에는 사랑을 지키려던 춘향의 죽음이 담겨 있고, 왕궁에서 쫓겨난 나이 어린 임금의 운명이 담겨 있고, 그 먼 섬으로 귀양 간 선비들의 지조가 담겨 있다.

머나먼 남쪽 바닷가에 황홀하고 애틋한 달빛이 비친다. 한밤중에 두견새의 울음소리가 들린다. 몸을 오싹하게 하는 두견의 울음소리가 바닷속 고기를 놀래키고, 하늘 위 별들을 떨게 한다. 울다 뱉은 피를 도로 삼키고 설움을 피로 새길 만큼 원한과 슬픔에 지친 두견의 눈물은 차고 넘쳐 서럽고 외로운 화자를 짓누른다. 그 울음은 나뭇가지를 울리는 저승의 노래이며, 죽음의 소리 같다. 그 소리에 오히려 마음은 어두워지고, 흐느끼며 날아가는 두견의 등에 달빛이 환하다. 마치 하얀 죽음의 빛 같다.

오랜 시간 동안 그랬다. 춘향의 붉은 마음이 옥 속에서 사라져 갔고, 왕위에서 쫓겨난 나이 어린 임금이 산골에서 홀로 울다 사라져 갔고, 한 많은 귀

양길에 오른 선비가 푸른 물에 사라져 갔을 때, 두견은 한스러운 죽음의 울음을 울었다. 두견새가 울지 않아도 이 세상은 서럽고 쓰리건만, 진달래 위로 피를 쏟아내며 한밤중에 목이 메도록 운다. 이른 봄 풀 냄새 가득하고 대나무 잎에 초승달빛 환하건만, 조그만 시골이 흥청 깨어지도록 홋홋 운다. 울지 않고서는 존재할 수 없는 불행의 넋, 두견! 처절한 저승의 노래를 토해내는 두견의 아픔이 곧 나의 아픔이고, 우리의 아픔이다.

청명

호르 호르르 호르르르 가을 아침
취여진 청명을 마시며 거닐면
수풀이 호르르 벌레가 호르르르
청명은 내 머릿속 가슴속을 젖어 들어
발끝 손끝으로 새어 나가나니

온 살결 터럭 끝은 모두 눈이요 입이라
나는 수풀의 정을 알 수 있고
벌레의 예지를 알 수 있다
그리하여 나도 이 아침 청명의
가장 고웁지 못한 노래꾼이 된다

수풀과 벌레는 자고 깨인 어린애라
밤새여 빨고도 이슬은 남았다
남았거든 나를 주라
나는 이 청명에도 주리나니
방에 문을 달고 벽을 향해 숨 쉬지 않았느뇨

햇발이 처음 쏟아오아
청명은 갑자기 으리으리한 관(冠)을 쓴다
그때에 토록 하고 동백 한 알은 빠지나니
오! 그 빛남 그 고요함
간밤에 하늘을 쫓긴 별살의 흐름이 저러했다

온 소리의 앞 소리요
온 빛깔의 비롯이라
이 청명에 포근 취여진 내 마음
감각의 낯익은 고향을 찾았노라
평생 못 떠날 내 집을 들었노라

취여진 계절의 정취에 젖어 든.

터럭 사람이나 길짐승의 몸에 난 길고 굵은 털.

주리나니 '주리다(욕망이 채워지지 못해 아쉬움을 느끼다.)'의 활용형.

별살 유성의 빛살.

청명

'청명(淸明)'에는 '날씨가 맑고 밝다', '소리가 맑고 밝다', '형상이 깨끗하고 선명하다'는 뜻이 있다. 세 가지 뜻 모두 이 시의 제목으로 어울린다. '호르 호르르 호르르르' 우는 풀벌레 소리가 맑고 밝으며, 동백 씨앗 한 알이 쏙 빠지는 형상이 깨끗하고 선명하기 때문이다. 맑고 밝은 가을의 정경을 청명하게 표현하고 있다.

물아일체

이 시는 바깥 세계의 사물과 자아가 어울려 하나가 된다는 물아일체의 모습을 잘 보여준다. 수풀이 가을바람에 흔들리고, 벌레가 호르르르 우는 가을 아침에 산책을 나선다. 청명한 가을이 화자의 머릿속과 가슴속으로 들어와 온몸을 통과하여 발끝과 손끝으로 나간다. 피부와 털 같은 감각은 가을을 보는 눈이 되고 가을을 마시는 입이 된다. 청명이 온몸을 통과하여 나마저 청명해진다. 수풀과 벌레의 소리를 듣고 나도 같이 노래를 흥얼거려 본다. 나의 온몸이 청명한 가을과 오롯이 하나가 된다.

벽을 향해 숨 쉬지 않았느뇨

이제 막 알에서 깬 작은 벌레가 밤새 이슬을 마셨다. 그래도 너무 작은 벌레라서 수풀 위 이슬은 충분히 남았다. 수풀에 이슬이 반짝인다. 이런 청명한 가을인데도 화자는 방 안에 있다. 자연과 소통하지 못한 채 단절하며 살아가고 있다. 겨우 벽을 향해 숨을 쉴 뿐이다. 청명에 굶주려 있다. 그래서 이 풍요로운 청명에도 허기가 진다. 이 허기진 마음을 이슬로 채워보고 싶다. 청명을 채우고 싶다.

토록 하고 동백 한 알

나뭇잎 사이로 햇살이 쏟아지면 세상은 온통 햇살의 관을 머리에 쓴 것 같다. 햇살을 받은 동백 씨앗 한 알이 '토록' 하고 떨어진다. 간밤에 별똥별이 저렇게 떨어졌을까? '호르 호르르 호르르르', '토록'. 청명의 소리는 모든 소리의 근본이다. 햇살의 빛남과 별살의 빛남은 모든 빛깔의 처음이다. 이 소리와 빛은 생명의 근원이다. 이 가을에 포근히 취한 마음의 안식처가 바로 여기, 이 순간이다.

이 시는○○○○○○

'오-매 단풍 들겄네!', '호르 호르르 호르르르 가을 아침' 이 두 시구는 가장 인상적인 시의 첫 행이 아닐까 한다. 지역 방언과 의성어로 시작하는 시. '오-매', '호르 호르르 호르르르'. 김영랑이 청각에 얼마나 예민한지 알 수 있는 시의 시작이다.

파란 하늘에 바람은 선선하고 햇살이 내리쬐기 시작하는 가을 아침. 집 앞을 나서니 수풀이 바람에 호르르 소리를 내고, 풀벌레가 호르르르 운다. 수풀과 풀벌레 소리가 귓속으로 젖어 들고 햇살과 바람이 온몸을 통과한다. 피부와 털끝은 자연을 흡수하는 촉수와 같아서 수풀의 마음도, 벌레의 생각도 알 것만 같다. 그래서 '나'도 수풀과 벌레의 노래를 함께 불러본다. 이 순간과 하나가 된 듯하다.

수풀과 벌레는 작고 여려서 밤새 이슬을 마시고도 이슬이 남았다. '나'도 수풀과 벌레처럼 이슬을 마시고 싶다. '나'는 밤새 방에서 벽을 보며 청명을 누리지 못해 청명이 부족하니까.

햇살이 쏟아지니 온 세상이 관을 쓴 듯하다. 그때 햇빛을 받은 동백 열매 속 씨앗 한 알이 '토록' 하고 떨어진다. 동백 씨앗이 떨어지는 모습이 마치 지난 밤 하늘에서 별똥별이 떨어지던 모습 같다. 이렇게 온 세상이 하나구나. 수풀의 호르르 소리, 벌레의 호르르르 소리, 동백 씨앗의 토록 소리, 이

모든 소리는 생명의 가장 첫 소리겠구나. 햇살과 별살은 생명의 가장 첫 빛깔이겠구나. 이 순간에 포근히 취한 내 마음의 고향은 바로 여기, 이 순간이겠구나. 평생 지낼 곳을 마침내 찾은 듯 자연과 하나가 된 순간이다. 수풀과 벌레 소리와 동백 씨앗 한 알이 '토록' 하고 떨어지는 소리를 들으며, 햇살과 별살의 빛남을 보며, 이슬의 맛과 향을 입과 코로 느끼며 화자는 청명을 온몸으로 맞이한다. 그리하여 마침내 자연과 하나가 된다.

《영랑시집》의 1번은 <끝없는 강물이 흐르네>이고 이 시는 53번 마지막 시이다. 이 시집을 김영랑의 1집 노래 앨범이라고 가정해 보자. 1번 트랙에서 내 마음 어딘가에 흐르는 끝없는 강물을 느끼고, 2번 트랙에서 돌담에 속삭이는 햇발의 봄을 듣다가 마지막에는 청명한 가을을 듣는다. 《영랑시집》을 읽고 나면 우리도 온몸으로 봄과 가을의 정취를 느낄 수 있다.

연 1

내 어린 날!
아슬한 하늘에 뜬 연같이
바람에 깜박이는 연실같이
내 어린 날! 아슨풀하다

하늘은 파랗고 끝없고
평평한 연실은 조매롭고
오! 흰 연 그 새에 높이
아실아실 떠놀다 내 어린 날!

바람 일어 끊어지던 날
엄마 아빠 부르고 울다
히끗히끗한 실낱이 서러워
아침 저녁 나무 밑에 울다

오! 내 어린 날 하얀 옷 입고
외로이 자랐다 하얀 넋 담고

조마조마 길가에 붉은 발자국
자욱마다 눈물이 고이였었다

연

김영랑은 '연'이라는 제목으로 두 편의 시를 발표했다. 이 시는 1939년 5월에, <연 2>는 1949년 1월에 발표했다. 《영랑시선》에는 23번 <연 1>, 24번 <연 2>로 수록되었다. 두 시 모두 연을 날리다 연줄이 끊어져 연이 멀리 사라진 상실과 비애를 노래하고 있다.

이 시는 바람이 세게 불어서 연실이 끊어져 연이 어디론가 날아가 버린 아쉬움과 서러움을 삶의 상실과 비애로 연결하여 표현하고 있다. <연 2>는 연이 사라졌을 때 "내 인생이란 그때부터 벌써 시든" 것 같고, "인생도 겨레도 다 멀어"진 것 같다고 한탄하는 내용으로, 인생에 대한 허무와 비애가 잘 나타나 있다.

아슨풀한 내 어린 날

김영랑은 시의 맛을 살리기 위해 자신만의 시어를 만들어 쓰기도 했다. 이 시에도 그런 시어들이 여럿 나오는데, 원래 단어와 비슷한 발음으로 새로운 말을 만들어 그 뜻을 쉽게 유추할 수 있다. '아슬한', '아슨풀한', '조매롭고',

'아실아실'은 사전에는 없는 말이지만 이 시를 읽기만 해도 어떤 느낌인지 직관적으로 이해할 수 있다. '아슬한'은 '아스라한', '아슨풀한'은 '아슴푸레한'이나 '어렴풋한', '조매롭고'는 '조마조마한', '아실아실'은 '아슬아슬'의 의미이다.

내 어린 날은 아슬한 하늘에 뜬 연과 같다. 아슨풀한 내 어린 날은 바람에 깜박이는 연실 같다. 아슬한 하늘에 연은 아실아실 높이 떠 있고, 팽팽한 연줄은 조매로웠다. 아슨풀한 어린 시절을 돌아보니 아스라한 연이 팽팽하게 매달려 있는 것처럼 조매롭고 아실아실하다.

하얀 옷 입고 하얀 넋 담고

'내 어린 날!'로 시작하는 이 시는 화자의 어린 시절에 대한 회상을 바탕으로 한다. 그런데 화자의 기억 속 어린 시절은 온통 흰색이다. 하얀 옷을 입고 하얀 연을 날리면서 하얀 넋을 담고 살았다. 순수하고 순결했기에 언제나 외로웠고, 빛과 하늘에 가까웠기에 죽음과도 가까웠다.

김영랑의 삶을 돌아보면, 어린 나이에 아내가 죽고, 자식이 죽고, 어머니가 세상을 떠났고, 절친한 친구가 세상을 떠났다. 이러한 시인의 삶이 시 속 화자를 통해 드러난다. 화자가 걸어온 어린 시절을 되돌아보니, 걸어온 발자국마다 눈물이 고여 있다. 하얀 연을 떠올리다가, 하얀 옷을 입고 하얀 넋을 담고 살았던 눈물 어린 시절을 떠올리고 있다.

엄마 아빠 부르고 울다

1939년 5월에 처음 이 시가 발표되었을 때 3연은 다음과 같았다.

바람 일어 끊어 갔더면
엄마 아빠 날 어찌 찾아
히끗히끗한 실낱 믿고
어린 아빠 피리를 불다

처음에 발표한 내용은 아이의 불안과 슬픔이 더 많이 나타나 있다. 화자는 바람에 끊어진 연과 자신을 동일시하고 있다. 연줄이 끊어져 연이 사라진 것처럼 자신이 사라졌는데도 엄마 아빠는 끊어진 연줄만 보고 있다. 피리만 불고 있다.

반면 1949년 《영랑시선》에는 잃어버린 연 때문에 울고 있는 화자의 모습으로 3연이 수정되었다. 바람이 불어 연줄이 끊어져서 연을 잃어버렸다. 화자는 엄마 아빠를 부르며 서럽게 울고, 나무에 걸린 채 희끗희끗 남아 있는 연줄을 보자 더 서러워져서 울었다. 연을 잃어버린 화자의 감정에 초점을 맞춰 정서적인 통일성을 높이는 쪽으로 수정했다.

이 시는……

연날리기는 겨울의 놀이였다. 찬 바람이 불어오면 어린아이들은 바람이 잘 부는 들판에서, 강변에서, 바닷가에서 연날리기를 했다. 지금은 연을 날리는 사람보다 드론을 날리는 사람이 더 많을 정도로 연날리기는 희귀한 놀이가 되었지만 말이다. 그럼에도 불구하고 여전히 겨울이면 바람이 좋은 공원이나 들판, 강가, 바닷가에서 형형색색의 연을 만들어 날리며 노는 어린아이들을 만날 수 있다.

이 시는 어린 시절 추억의 한 자락으로 남아 있는 연날리기에 대한 이야기이다. 화자는 어린 날 연을 만들어 날리던 기억이 어슴푸레 떠오른다. 아슬한 하늘의 연과 같이 어린 시절이 아슨풀하게 떠오른다. 저 멀리 높이 뜬 연이 바람에 날리고 점점 아스라이 멀어진다. 팽팽한 연줄을 타고 연의 흔들림이 그대로 전해진다. 연을 따라 나도 날아가는 건 아닐까, 조마조마한 심정이 들 때쯤 '딱' 연줄이 끊어지고 연은 하늘 속으로 사라져 버렸다. 연이 사라진 것이 서러워 엉엉 운다. 나뭇가지에 걸린 연줄을 보니 더 서럽다.

화자는 어린 시절, 하얀 옷 입고 하얀 연에 하얀 넋을 담아 날리면서 외롭게 자랐다. 그래서 화자가 걸어온 발자국마다 눈물이 고여 있다. 서러워서 흘린 눈물이 붉은 발자국에 고여 있었다. 그 시절이 아스라이 떠오른다.

누구나 어린 시절을 떠올리면 좋은 기억과 안 좋은 기억이 있을 것이다.

이 시의 화자는 슬프고 아팠던 기억이 먼저 떠오르나 보다. 연날리기 기억과 함께 연줄처럼 이어지는 아픈 기억들. 그때의 아픈 기억이 화자를 더 성숙하게 만들면 좋겠다. 우리 또한 그 아픈 기억들이 자신을 더 깊고 단단하게 키우면 좋겠다. 그랬으면 좋겠다.

독을 차고

내 가슴에 독을 찬 지 오래로다
아직 아무도 해한 일 없는 새로 뽑은 독
벗은 그 무서운 독 그만 흩어버리라 한다
나는 그 독이 선뜻 벗도 해할지 모른다 위협하고

독 안 차고 살아도 머지않아 너 나 마주 가버리면
누억천만 세대가 그 뒤로 잠자코 흘러가고
나중에 땅덩이 모지라져 모래알이 될 것임을
'허무한데!' 독은 차서 무엇 하느냐고?

아! 내 세상에 태어났음을 원망 않고 보낸
어느 하루가 있었던가 '허무한데!' 허나
앞뒤로 덤비는 이리 승냥이 바야흐로 내 마음을 노리매
내 산 채 짐승의 밥이 되어 찢기우고 할퀴우라 내맡긴 신세임을

나는 독을 차고 선선히 가리라
막음 날 내 외로운 혼 건지기 위하여

누억천만(屢億千萬) 천만이나 억쯤 되는 아주 큰 수.

이리 갯과에 속하는 육식동물로, 늑대의 한 종류.

승냥이 갯과에 속하는 육식동물. 붉은여우와 늑대를 합쳐놓은 것같이 생겼다. 들개의 한 종류로, 이리보다는 몸집이 작다.

막음 날 마지막 날.

내 가슴에 독을 찬 지 오래로다

화자는 자신의 가슴에 독을 찬 지 오래라고 당당하게 말한다. 독을 찼다는 것은 요즘 말로 독기를 품고 산다는 의미일 것이다. 이 시를 쓴 1939년은 마음에 독을 품고 있지 않으면 견디기 힘든 시절이었으리라. 세상에 대한 분노, 나를 괴롭히는 사람에 대한 반감, 악으로 깡으로 버티지 않으면 나를 잃어버릴 것 같은 상황. 이러한 시대에서 가슴에 칼을 품고 매일 전쟁하듯 살아야 하는 사람에 대한 아픈 설명이 바로 이 한 문장이다. 이 절망적인 상황은 오랫동안 지속되었고, 화자는 이 전쟁 같은 상황에서 나를 잃지 않고 지켜나가겠다는 새로운 다짐을 하며 새로운 독을 가슴에 찬 채 또 새로운 하루를 시작한다.

허무한데!

'허무한데!'는 화자의 마음을 잘 알고 있는 벗이 하는 말이다. 벗은 화자에게 이렇게 말하지 않았을까? "네 마음속에 있는 그 무서운 독을 이제 버려. 그렇게 살지 않아도 결국 머지않아 우리는 죽고 다음 세대도 그냥 흘러가듯

사라질 것이고 결국 다 모래알이 될 거야. 세상은 다 그렇게 흘러갈 거야. 이렇게 허무한 세상인데 너처럼 아등바등 독을 가슴에 품고 살아서 뭘 하려고. 네가 그렇게 산다고 해서 세상이 변하는 것도 아니야. 세상에 대한 분노가 결국 너 자신을 다치게 할 거야. 그러니 이제 그만 그 독을 버려."

이리 승냥이 내 마음을 노리매

친구의 말이 아니더라도 화자는 이미 잘 알고 있다. 화자는 세상에 태어난 것을 원망하며 살고 있다. 세상에 태어난 것을 원망하지 않은 적이 없을 만큼 우울하고 허무한 인생이었다. 그러나 화자를 괴롭히는 무리, 현실에 타협하고 불의에 순응하라고 부추기는 이리 떼와 승냥이 떼가 화자의 의지와 순결을 짓밟으려 한다. 화자는 산 채로 이리와 승냥이의 밥이 되어 자신의 마음이 찢기고 할퀴어질 신세이다. 그래서 화자는 독을 찰 수밖에 없다. 자신의 마음과 정체성을 지키기 위해서.

깨끗한 마음과 외로운 혼

마지막 행의 '외로운 혼'은 1939년에 처음 발표될 때는 '깨끗한 마음'이었다. 1949년에 《영랑시선》에 수록될 때 '외로운 혼'으로 수정되었다. 세상의 불의가 내 마음을 노리고 있기 때문에 나는 독을 차야 한다고 했다. 내 깨끗한 마음, 외로운 혼을 지켜야 한다고 했다.

내 마음은 깨끗한 마음이고 외로운 혼이다. 세상으로부터 이것들을 지키기 위해 나는 독을 차고 선선히 나의 길을 가겠다고 다짐한다. 어지러운 세상으로부터 깨끗한 마음을 지키기 위해서, 불의에 찬 세상에 물들지 않고 깨끗한 마음을 지키면서 홀로 외롭게 나아가겠다고 다짐한다. 그래서 나는 매일 새로 뽑은 독을 가슴속에 품고 주저하지 않고 시원스럽게 나의 길을 간다. 깨끗한 마음과 외로운 혼은 서로 다른 듯하나 읽다 보면 같은 의미로 통한다.

이 시는○○○○○○

이 시는 1939년 11월에 발표되었다. 당시 일제는 우리의 말과 글을 빼앗았고, 약탈은 더욱 심해졌다. 혼탁하고 불의로 가득 찬 세상에서 사람들은 허무주의에 빠질 수밖에 없었다. 희망이 보이지 않았기 때문이다. 그러나 김영랑은 허무주의에 빠지거나 불의에 물들지 않았다. 대신 자신의 마음을 지키기 위해 독을 품기로 했다.

이 시에서 우리는 마음에 독을 차며 살 수밖에 없던 시대, 깨끗한 마음으로는 견딜 수 없었던 시대의 절망을 읽을 수 있다. 내가 나로서 살기 위해서는 나를 지키기 위한 방어 수단인 독을 품을 수밖에 없었다. 그래서 화자는 독을 품고 살아간다.

화자는 독을 품은 지 오래되었으며 매일 새로운 독을 품으며 다짐한다. 불의에 눈감지 말자, 세상과 타협하지 말자, 비록 이 독이 나까지 해할지도 모르지만 그럼에도 불구하고 나의 정체성을 버리지 말자, 나를 끝까지 지키면서 굳건히 걸어가자.

어쩌면 김영랑은 이렇게 1939년을 살았을 것이다. 그래서 이 시는 지금 우리에게도 아프게 읽힌다. 시를 읽다 보면 김영랑이 우리에게 이렇게 묻는 듯하다. '세상을 편하게 살겠다고 불의에 타협하지는 않았는가? 자신의 이익을 좇아 나 자신을 버리지는 않았는가?'

묘비명•

생전에 이다지 외로운사람
어이해 뫼아래 빗돌세우오
초조론 길손의 한숨이라도
헤어진 고총에 자주떠오리
날마다 외롭다 가고말사람
그래도 뫼아래 빗돌세우리
"외롭건 내곁에 쉬시다가라"
한되는 한마디 새기실런가

빗돌 돌로 만든 비석.

초조론 초조로운(초조한).

고총(古塚) 오래된 무덤.

• 시의 형식을 유지하기 위해 띄어쓰기를 하지 않았다.

묘비명

사람이 죽으면 땅에 묘를 만들고 묘비를 세운다. 묘비명은 묘비에 새긴 글로, 죽은 사람에 대한 경력이나 그 일생을 상징하는 말들을 주로 새긴다. 묘비명은 고대 이집트의 미라를 넣은 관에서도 발견될 만큼 그 역사가 오래되었다. 잘 알려진 묘비명으로 영국 극작가인 버나드 쇼의 "우물쭈물하다가 내 이럴 줄 알았다", 천상병 시인의 "나 하늘로 돌아가리라" 등이 있다. 조병화 시인의 묘비에는 "어머님 심부름으로 이 세상 나왔다가, 이제 어머님 심부름 다 마치고, 어머님께 돌아왔습니다"라고 적혀 있다고 한다. 이 시는 이런 묘비명에 대한 이야기이다.

외로운 사람

화자는 스스로를 외로운 사람이라고 한다. 살아생전 외롭게 산 사람이 어이하여 묘비를 세우려 하느냐고 자문한다. 그래도 묘비를 세우면 먼 길 가느라 초조한 길손이 잠시 이 묘비명을 보며 한숨이라도 쉬며 가지 않을까? '외롭거든 내 곁에 쉬시다 가라'고 한스러운 한마디를 새겨놓으면 길손의 한숨이라도 묘 곁에 자주 머물지 않을까? 한 많은 이 구절을 새겨 화자처럼 외로운 사람을 위로하고 싶어 한다.

한이 되는 한마디

이 시가 발표된 1939년 12월에 김영랑은 박용철을 추모하는 글인 <인간 박용철>을 발표한다.

> 이 가을 들면서부터 울적 생각하는 것이 벗이요, 귀에 엥- 도는 것이 그의 음성인데야 뭣할 때 참으로 못 견딜 만큼 세상이 허무해지고 고적해진다. 가는 마음이 없고 오는 마음이 없으니 허무하고 고적할 밖에 없다. 벗과 사귀어 20년 서로 거슬림 없었던 사이 이젠 때때로 떠오르는 면영(얼굴)을 행여 사라지지 않게 생각을 모두어 명상에 잠기곤 한다.

박용철이 병으로 세상을 떠난 지 1년 반이 지났지만 여전히 그를 그리워하면서 쓴 글이다. 벗이 떠난 후의 상실감과 그와의 추억을 애절하지만 담담하게 담았다. 박용철의 작품을 모으고 정리하는 작업을 하면서 박용철과

의 추억, 삶과 죽음에 대한 인식 등을 떠올리며 <묘비명>을 썼을 것이다. 3개월 후 발표한 <한 줌 흙> 역시 이 시와 유사하다. 이 시기 김영랑은 친구의 죽음, 시대의 괴로움 등으로 삶에 대해 깊은 회의감을 느꼈던 것 같다. 이 시는 그래서 삶에 대한 허무 의식과 죽음에 대한 생각이 담겨 있다.

이 시는……

김영랑은 날마다 외로운 사람이었다. 살아서도 외로운 사람이었고, 죽어서도 외로울 사람. 그래서 그랬는지 빗돌에 '외롭거든 내 곁에서 쉬시다 가라'고 새길 것이라고 한다. 외로운 사람의 오래된 묘를 보며 한숨짓는 사람이나 그 사람에게 죽은 자신의 곁에서 쉬시다 가라고 말하는 사람이나 모두 같은 처지이다. 생전에 외로웠고 죽고 나서도 외로운 사람. 그가 묻힌 곳은 돌보는 사람이 없어 허물어져 가는 오래된 곳이다. 이곳을 지나가는 사람의 한숨만 떠도는 곳이다.

먼저 떠난 임의 쓸쓸한 묘 앞에서 얼굴을 파묻고 슬퍼했고(<쓸쓸한 뫼 앞에>), 강선대 끝에서 그 아름다움을 보고도 죽지 못한 것을 한탄(<강선대 돌바늘 끝에>)했고, 마음에 독을 찼지만 어차피 시간이 흐르면 모래알로 변할 세상이라면서 '허무한데!'를 외쳤고(<독을 차고>), 사는 게 너무 지치고 피로하여 눈물만 흘리며 바삐 관에 못을 다지라고 토로(<한 줌 흙>)하기도 했다. 그의 삶은 자주 외로웠고, 죽음은 늘 곁에 있었다. 그런 마음으로 김영랑 자신의 무덤 위에 세워질 묘비명을 작성한 것이다.

이 시는 3 · 3 · 5의 글자 배열을 의도적으로 맞추었다. 그래서 직사각형의 묘비 모양 같기도 하다. 내용과 형식이 딱 맞아떨어진다. 죽은 사람은 묘비명으로 자신의 뜻을 남기고, 산 사람은 그 묘비명을 보며 죽은 이를 추억

한다. 김영랑은 자신의 묘비명을 묘비에 새기듯 쓰며 '외롭거든 내 곁에 쉬시다 가라'고 말한다. 시로 자신의 묘비명을 새긴다.

죽음처럼 생의 허무함을 잘 보여주는 것도 없다. 죽음을 떠올리면 지금 이 순간에 만족하며 지금 여기에서 행복해야겠다고 생각하기도 하고, 남겨진 사람들에게 미안하지 않도록 소중한 사람을 더 사랑해야겠다고 생각하기도 한다. 그리고 더 잘 살아야겠다고 다짐하기도 한다. 마흔을 앞둔 김영랑은 어떠했을까? 점점 암담해지는 시대 앞에서 결국 김영랑이 할 수 있는 것은 삶의 허무를 견디는 일, 내 삶을 묘비명에 새기는 일밖에는 없었나 보다. 지금 김영랑의 묘비에는 이 시가 새겨 있을까? 어떤 한마디가 새겨 있을까?

내 묘비명은 무엇으로 할까? 인간은 언젠가 외로운 삶을 마무리하고 한 줌 흙이 될 텐데, 그 순간 나는 무슨 말로 내 삶을 마무리할 것인가? 그리고 남겨진 사람들에게 어떻게 기억되고 싶은가? 이 시를 읽으며 내 묘비명을 생각해 본다.

내 홋진 노래

그대 내 홋진 노래를 들으실까
꽃은 가득 피고 벌떼 닝닝거리고

그대 내 그늘 없는 소리를 들으실까
안개 자욱이 푸른 골을 다 덮었네

그대 내 홍 안 이는 노래를 들으실까
봄물결은 왜 이는지 출렁거리네

내 소리는 꿰벗어 봄철이 실타리
호젓한 소리 가다가는 씁쓸한 소리

어슨 달밤 빨간 동백꽃 쥐어 따서
마음씨 냥 꽁꽁 주물러 버리네

닝닝거리고 잉잉거리고(날벌레가 잇따라 날아가는 소리가 나고).

실타리 싫다 하리.

어슨 어스름한.

마음씨 냥 마음씨인 양. 마음씨인 것처럼.

내 홋진 노래

이 시는 1940년 6월에 <호젓한 노래>로 발표되었다가 《영랑시선》에 13번으로 수록되면서 <내 홋진 노래>로 제목이 바뀌었다. '호젓한'은 '무서움을 느낄 만큼 고요한', '쓸쓸하고 외로운'이라는 의미이다. '홋진'은 '호젓한'의 의미로 해석하기도 하고, '혼자'라는 뜻으로 해석하기도 한다. 어떤 의미로 해석하든 '내 홋진 노래'는 내 곁에 없는 그대를 향해 혼자서 부르는 쓸쓸하고 외로운 노래라는 뜻이 된다.

벌떼 닝닝거리고

봄날, 꽃이 활짝 피고 벌떼가 닝닝거리지만 나는 홀로 쓸쓸한 노래를 부른다. 안개가 푸른 산을 자욱하게 덮는 장관이 펼쳐지지만 내 노래는 깊이가 없다. 봄물결은 출렁거리며 마음을 설레게 하는데, 나는 흥이 일어나지 않는 노래를 부르고 있다. 내 노래는 봄철과 어울리지 않는 호젓하고 쓸쓸한 노래이다.

내 소리는 꿰벗어

'꿰벗어'는 '발가벗다'의 전남 방언이다. 내 소리가 꿰벗었다는 것은 봄에 어울리는 싱그러움이나 생생한 기운이 없고, 음영이 풍부하거나 깊이가 있는 것도 아니며, 흥도 없이 벌거벗은 듯한 노래라는 의미일 것이다. 그래서 꽃이 가득 피고 벌떼가 잉잉거리며 봄물결이 일렁이는 봄철과는 어울리지 않는 쓸쓸한 노래이다. 봄철도 내 소리를 싫다고 한다. 내 호젓한 노래는 이따금 씁쓸한 소리가 된다.

빨간 동백꽃

어스름한 달이 뜬 봄밤에도 빨간 동백꽃은 싱그럽고 생생하게 피어 있다. 호젓한 노래밖에 부르지 못하는 나는 애꿎은 동백꽃을 쥐어뜯고는 망가뜨린다. 짓눌린 동백꽃이 마치 내 마음 같다. 봄과 그대에게 어울리는 노래를 부르지 못하고 부서진 내 마음 같다.

이 시는……

봄날 화자는 홀로 그대를 향한 사랑과 그리움의 노래를 부른다. 그러나 그 노래는 화자의 마음에 들지 않는다. 화창한 봄날과 어울리지도 않는다. 쓸쓸하고 재미없는 노래이다. 그래서 속상한 마음과 그리운 마음에 동백꽃을 일그러트린다.

이 시를 이해하는 데 좋은 말이 '촉기'이다. 이 촉기라는 말은 김영랑이 서정주와의 대화에서 쓴 말이라고 한다. 촉기란 "같은 슬픈 노래 부르면서도 그 슬픔을 딱한 데 떨어뜨리지 않는 싱그러운 음색의 기름지고 생생한 기운"(서정주, <영랑의 일>)을 말한다. 노래에 비유하자면 슬픈 노래를 부를 때 가수가 먼저 울지 않는 것, 슬프다고 슬프게만 부르지 않는 것, 슬프지만 담백하게 불러서 오히려 듣는 사람이 더 슬픈 것, 슬픔을 승화시키는 것이 '촉기'이다.

화자의 노래에는 이런 촉기가 없는 것이다. 싱그러운 봄의 기쁨을 노래하지 않고 생생한 기운도 없으니 말이다. 그래서 그대에게 닿지 못하고 혼자 외롭고 쓸쓸하게 부르는 노래가 된다. 어스름한 달밤에 애꿎은 동백꽃만 일그러트리며 촉기 잃은 자신의 노래를 한탄하는 것이다.

이 노래를 시로 바꾸어보면 더 잘 이해가 된다. 김영랑 자신의 시가 촉기를 잃은 것이다. 누구에게도 감동을 줄 수 없는 시, 촉기를 잃은 시에 대한

한탄으로 읽으면 더 잘 이해가 된다. 그런데 왜 촉기를 잃었을까? 시에만 집중할 수 없는 시대이기도 했고, 어른이 되면서 세상에 물들어 가며 감각이 무뎌진 것일 수도 있고, 어두운 시대에 촉기 있는 시를 쓰는 것이 무의미하다고 생각했을 수도 있다. 그 안타까운 마음을 '내 홋진 노래'라고 표현한 것이다.

춘향

큰 칼 쓰고 옥에 든 춘향이는
제 마음이 그리도 독했던가 놀래었다
성문이 부서져도 이 악물고
사또를 노려보던 교만한 눈
그는 옛날 성학사 박팽년이
불 지짐에도 태연하였음을 알았었니라
오! 일편단심

원통코 독한 마음 잠과 꿈을 이뤘으랴
옥방 첫날밤은 길고도 무서워라
설움이 사무치고 지쳐 쓰러지면
남강의 외로운 혼은 불리어 나왔느니
논개! 어린 춘향을 꼭 안아
밤새워 마음과 살을 어루만지다
오! 일편단심

사랑이 무엇이기

정절이 무엇이기
그 때문에 꽃의 춘향 그만 옥사하단 말가
지네 구렁이 같은 변학도의
흉측한 얼굴에 까무러쳐도
어린 가슴 달큼히 지켜주는 도련님 생각
오! 일편단심

상하고 멍든 자리 마디마디 문지르며
눈물은 타고 남은 간을 젖어 내렸다
버들잎이 창살에 선뜻 스치는 날도
도련님 말방울 소리는 아니 들렸다
삼경을 새우다가 그는 그만 단장하다
두견이 울어 두견이 울어 남원 고을도 깨어지고
오! 일편단심

깊은 겨울밤 비바람은 우루루루
피 칠해 논 옥창살을 들이치는데

옥 죽음 한 원귀들이 구석구석에 휙휙 울어
청절 춘향도 혼을 잃고 몸을 버려 버렸다
밤새도록 까무러치고
해 돋을 녘 깨어나다
오! 일편단심

믿고 바라고 눈아프게 보고 싶던 도련님이
죽기 전에 와주셨다 춘향은 살았구나
쑥대머리 귀신 얼굴 된 춘향이 보고
이 도령은 잔인스레 웃었다 저 때문의 정절이 자랑스러워
"우리 집이 팍 망해서 상거지가 되었지야."
틀림없는 도련님 춘향은 원망도 안 했니라
오! 일편단심

모진 춘향이 그 밤 새벽에 또 까무러쳐서는
영 다시 깨어나진 못했었다 두견은 울었건만
도련님 다시 뵈어 한을 풀었으나 살아날 가망은 아주 끊기고

온몸 푸른 맥도 홱 풀려 버렸을 법
출두 끝에 어사는 춘향의 몸을 거두며 울다
"내 변가보다 잔인 무지하여 춘향을 죽였구나."
오! 일편단심

성문 정강이.

성학사 조선 시대 사육신 가운데 한 명인 성삼문.

단장하다 몹시 슬퍼서 창자가 끊어지는 듯하다.

사육신과 논개, 그리고 춘향

사육신과 논개, 춘향의 공통점은 자신의 신념을 지키기 위해 목숨까지 바쳤다는 것이다. 임금과 나라와 사랑을 지키기 위해 변치 않는 마음으로 지조를 지켰다는 점에서 사육신과 논개와 춘향은 통하는 면이 있다. 그래서 사육신과 춘향의 눈빛이 닮아 있고, 논개는 어린 춘향을 꼭 안아주며 위로한 것이다.

두견

이 시와 <두견>에는 공통적으로 '춘향'과 '두견'이 등장한다. <두견>에서는 한밤중에 평생을 원한과 슬픔에 지쳐 울던 두견새가 '비탄의 넋'으로 시들어가는 춘향이와 함께 운다. <춘향>에서는 도련님 기다리다 창자가 끊어지는 듯한 슬픔에 빠진 춘향이를 위해 두견새가 피를 토하면서 운다. 남원 고을이 흥청거릴 정도로 밤새 두견이 운다. 춘향과 두견 모두 서럽고 쓰린 마음을 가진 존재이다.

오! 일편단심

일편단심은 '한 조각의 붉은 마음'으로, 진심에서 우러나오는 변치 않는 마음을 이른다. 이 시가 1940년에 발표된 점을 감안하면 이 문구가 지닌 무거움을 잘 이해할 수 있다. 일제는 1939년에 창씨개명을 시행했고, 1940년에는 조선일보와 동아일보를 폐간했다. 이런 상황에 사육신과 논개를 시의 소재로 사용하고 '오! 일편단심'이라는 시어를 반복한 것은 김영랑의 뚜렷한 민족의식을 보여주는 것이라고 할 수 있다.

절망

자신 때문에 고초를 겪고 있는 춘향이에게 '우리 집이 팍 망해서 상거지가 되었'다고 말하는 이몽룡. 왜 그랬을까? 사랑을 위해 목숨까지 버리려는 춘향이를 보며 우쭐했을 테고, 춘향이를 시험해 보고 싶었을지도 모른다. 내일 더 극적으로 등장하기 위한 거짓말이었을 수도 있다. 그러나 희망이 없어졌다고 생각한 춘향이는 그날 밤 숨이 끊어진다. 살아야 할 의미를 찾지 못한 것이다.

이 시는……

<두견>의 속편 같은 이 시는 소재나 분위기가 서로 닮아 있다. '두견, 단종과 사육신, 춘향이의 죽음'이라는 소재가 그렇고, 죽음의 노래를 부르는 두견과 희망을 잃고 숨을 거둔 춘향이가 중심인물이라는 점이 그러하다. <두견>에서 한스러운 울음을 울던 두견새가 춘향이가 갇힌 옥창살 위에서 운다. 춘향을 위해 피를 토하며 울던 두견새의 울음소리를 들으며 춘향이는 숨을 거둔다.

죽음에 대한 시를 많이 썼던 김영랑은 원작과 다르게 춘향이가 죽는 것으로 내용을 재구성했다. 춘향이가 죽게 된 것은 변학도의 가혹한 매질 때문이 아니고, 추위와 굶주림 때문도 아니고, 옥에서 죽은 귀신 때문도 아니다. 믿고 바라고 눈 아프게 보고 싶던 이몽룡 때문이다. 둘 사이의 사랑을 지키기 위해 모진 고문을 견뎌냈던 춘향이는 오히려 이몽룡이 돌아오면서 살고자 하는 의지를 놓는다. 사랑이 무너진 것이다. 옥 밖으로 살아서 나갈 수 없으리라는 절망, 이몽룡과의 사랑을 지킬 수 없을 것이라는 절망이 춘향을 죽게 한 것이다. 더 이상 살아야 할 이유가 없어진 것이다.

왜 김영랑은 춘향의 이야기를 이렇게 뒤틀었을까? 잘 알려진 춘향 이야기에서 춘향은 일편단심을 지키고 이몽룡을 만나 행복하게 산다. 그런데 왜 춘향을 죽게 했을까? 그것도 변학도가 아닌 이몽룡 때문에 죽게 했을까? 일

제의 만행 못지않게 사람들을 못살게 군 것은 이몽룡과 같은 동포들이었다는 이야기를 하고 싶었던 것은 아니었을까? 조금씩 변절해 가는 친일의 부역꾼들이 일제 못지않게 사람들을 괴롭혔다는 이야기를 하고 싶었던 것은 아니었을까?

김영랑은 이 시를 마지막으로 몇 년간 시를 발표하지 않는다. 자의에 의해서였건 타의에 의해서였건 그는 이 시를 마지막으로 해방이 될 때까지 절필하게 된다. 그러다 독립이 된 후 1946년 12월에 <북>을 발표하면서 다시 창작 활동을 하게 된다.

북

자네 소리 하게 내 북을 잡지

진양조 중모리 중중모리
엇모리 잦아지다 휘몰아 보아

이렇게 숨결이 꼭 맞아서만 이룬 일이란
인생에 흔치 않아 어려운 일 시원한 일

소리를 떠나서야 북은 오직 가죽일 뿐
헛 때리면 만갑이도 숨을 고쳐 쉴밖에

장단을 친다는 말이 모자라오
연창을 살리는 반주쯤은 지나고
북은 오히려 컨덕터요

떠받는 명고인데 잔가락을 온통 잊으오
떡 궁! 동중정이오 소란 속에 고요 있어

인생이 가을같이 익어가오

자네 소리 하게 내 북을 치지

연창 두 사람이 함께 노래함.

컨덕터 지휘자.

명고(名鼓) 유명한 고수(북이나 장구를 치는 사람).

잔가락 노래의 짧고 급한, 작고 빠른 가락.

동중정(動中靜) 움직임 가운데 고요함이 있는 상태.

소리꾼과 고수

이 시는 고수가 소리꾼에게 말하는 형식을 취하고 있다. '자네'라는 친근한 말을 건네며 북과 소리의 어우러짐을 표현하고 있다. 2, 3행에서는 장단의 종류를 나열하고 있는데, 이들은 판소리·민요 등 민속악 장단이다. 진양조는 가장 느린 장단이고 휘모리는 가장 빠른 장단으로, 2연은 느린 장단부터 빠른 장단의 순서로 나열하고 있다.

숨결이 꼭 맞아서만 이룬 일

소리꾼이 창을 할 때 고수는 북을 치며 장단을 맞추는 연주자의 역할을 한다. '얼쑤!' 같은 추임새를 넣으며 관객 역할을 하기도 하고, 소리꾼과 대화를 주고받으며 또 다른 공연자가 되기도 한다. 고수가 제대로 북을 치지 않고 소리꾼과 고수의 합이 잘 맞지 않으면, 아무리 최고의 소리꾼인 송만갑이라 해도 노래를 제대로 부를 수 없다. 소리꾼과 고수의 호흡이 완벽하게 일치하는 일이란 흔치 않다. 그렇기 때문에 소리꾼과 고수가 혼연일체가 된 공연을 한다면 엄청난 쾌감을 느끼게 될 것이다.

컨덕터

소리가 없으면 북은 고작 가죽에 불과할 것이다. 그러나 북이 없으면 아무리 뛰어난 소리꾼이라고 해도 제대로 소리를 할 수 없다. 이렇게 소리와 북은 서로 뗄 수 없는 관계이다. 그러므로 북을 장단을 맞추기 위한 도구로 여긴다거나 노래를 위한 반주로 생각해서는 안 된다. 고수는 오히려 연주자보다 지휘자에 가깝다. '일 고수 이 명창'이라는 말처럼 북은 소리를 이끌어가는 지휘자의 역할을 한다. 북은 완벽한 하나의 소리를 만들어내어 예술의 경지에 이르게 한다. 그래서 북이 컨덕터이다.

인생이 가을같이 익어가오

소리꾼과 고수가 하나가 된다. 움직이는 듯 멈춰 있고, 소란한 듯 고요하다. 북과 소리가 하나가 된다. 예술과 삶이 하나가 된다. 풍요롭다. 풍성하다. 가을 같다. 풍성한 가을같이 소리도 익고 인생도 익어간다. 인생이 가을같이 익어간다.

이 시는……

김영랑은 평소 음악을 즐겼는데, 좋은 음악회가 있으면 서울에 다녀오기도 했다고 한다. 당대 최고의 소리꾼인 임방울, 이화중선, 이중선 등의 소리를 즐겨 들었고, 그중에서도 이중선의 소리엔 '촉기'가 있어 더 좋아했다고 한다. 강진에서도 소리를 접할 기회가 많았던 김영랑은 판소리뿐만 아니라 육자배기와 같은 남도민요를 즐겨 듣고 불렀다고 한다.

이 시는 소리판의 모습을 표현하고 있다. 소리꾼과 고수가 숨결이 맞아서 완벽한 몰입의 상태에 빠진다. 살면서 '숨결이 꼭 맞아서만 이룬 일'을 경험한다는 건 '흔치 않아 어려운 일'이지만 이 소리판은 혼연일체의 완벽한 몰입을 경험하는 황홀한 순간이 된다. 고수와 청자가 하나가 되어 무아지경의 경지에 이른 상태인 동중정, 즉 소란 속에 고요의 상태, 완벽한 몰입의 상태가 된다.

이런 몰입의 상태는 의사에게는 한 치의 오차도 없는 완벽한 수술과 환자의 회복이 그러한 일인 것이다. 배우에게는 맡은 배역의 인물에 100% 몰입하여 연기를 한다는 것도 잊은 채 감독의 '컷!' 소리도 들리지 않는 상태일 것이다. 학생에게는 공부할 내용에 완전히 빠져들어 시간이 흐르는지도 모른 채 책에 집중한 경험이 그러할 것이다. '인생이 가을같이 익어가'는 순간일 것이다.

가끔 TV 프로그램에서 가수의 노래를 듣고 관객이 눈물을 흘리는 장면을 볼 수 있다. 가수와 관객에게 그 순간이 '숨결이 꼭 맞아서 이룬 일'이며, '온통 잊고 동중정이오 소란 속에 고요'를 느끼며 '인생이 가을같이 익어가'는 순간일 것이다. 예술은 우리의 삶을 한 단계 성숙하게 하고 더 나아가게 하는 힘이 있다. 이 시의 이야기가 그렇다.

1940년 9월 <춘향>을 발표하고 절필한 후 1946년 12월 동아일보에 이 시를 발표했다. 광복 후 김영랑이 가장 말하고 싶었던 내용은 무엇일까? 자신의 노래(시)가 사람들에게 이런 순간을 경험하게 하고자 했던 것은 아니었을까? 그런 시를 쓰고 싶다는 작가의 고뇌에 찬 고백이 아니었을까? 해방의 세상에서 가을처럼 익어가는 인생을 꿈꾸는 것은 아니었을까 생각해 본다.

오월한

모란이 피는 오월달
월계도 피는 오월달
온갖 재앙이 다 벌어졌어도
내 품에 남는 다순 김 있어
마음실 튀기는 오월이러라

무슨 대견한 옛날였으랴
그래서 못 잊는 오월이랴
청산을 거닐면 하루 한 치씩
뻗어 오르는 풀숲 사이를
보람만 달리는 오월이러라

아무리 두견이 애달파 해도
황금 꾀꼬리 아양을 펴도
싫고 좋고 그렇기보다는
풍기는 내음에 지늘꺼건만
어느새 다해진 오월이러라

월계 월계화(장미과에 속하는 꽃나무).

재앙 '수선(사람의 정신을 어지럽게 만드는 어수선한 말이나 행동)'의 전라도 방언.

다순 따순(따뜻한).

지늘껴건만 짓눌리건만.

오월의 노래

김영랑은 1939년 7월 <오월>, 1949년 9월 <오월 아침>, 1950년 6월 <오월한(恨)>을 발표한다. '오월의 어느 날'에 쓴 <모란이 피기까지는>도 포함할 수 있겠다. 5월을 노래한 시인이라 이름 붙일 만하다. <모란이 피기까지는>은 '찬란한 슬픔의 봄을', <오월>은 봄날의 생동감과 생명력을, <오월 아침>은 싱그러운 5월의 아름다움과 점점 나이 먹어가는 중년의 마음을 비교하고 있다.

이러한 정서는 <오월한>까지 이어진다. 초기 시에서는 5월의 아름다움과 생명력을 노래했다. 그러다가 후기로 넘어오면서 <오월 아침>과 <오월한>에서는 오월의 '접힌 마음 구긴 생각'과 오월의 '한'을 애달파 한다.

마음실 튀기는 오월

김영랑은 여러 시에서 흥미로운 시어를 사용했다. <쓸쓸한 뫼 앞에>에서는 여성의 아름답고 고운 손을 뜻하는 '옥수(玉手)' 대신 그 뜻을 풀어 '구슬손'이라고 썼다. 환히 밝은 낮이라는 뜻의 한자어 '백주(白晝)' 대신 순우리말

'흰날'을 사용하기도 했다(<물 보면 흐르고>, <허리띠 매는>). '마음실'은 1930년 5월에 발표한 사행시 중 <허리띠 매는>에도 나온다.

> 허리띠 매는 새악시 마음실같이
> 꽃가지에 은은한 그늘이 지면
> 흰날의 내 가슴 아즈랑이 낀다
> 흰날의 내 가슴 아즈랑이 낀다

새악시의 부끄러운 마음이 실처럼 가늘게 이어지는 것을 '마음실'로 나타냈다. 길게 이어진 허리띠, 꽃가지의 모습과 자연스럽게 연결되면서 마음을 눈에 보이도록 한 것이다.

<오월한>에서 '마음실'은 설레는 마음을 악기에 빗댄 것이다. 모란과 월계, 온갖 꽃이 활개를 펴는 5월이 화자의 마음을 싱숭생숭하게 한다. 5월이 되니 마음이 들뜬다. '마음실'을 거문고처럼 튕기게 한다. <오월한>의 '마음실'은 심금, 즉 '외부의 자극에 따라 미묘하게 움직이는 마음'을 풀어쓴 것이라고 해석할 수 있다.

꾀꼬리와 두견

<오월>에는 봄바람에 보리가 흔들리는 들길을 따라 암수 꾀꼬리가 짝지어 날아다니며 노래하는 모습이 생동감 있게 표현되었다. <오월 아침>에는 소년 같은 꾀꼬리와 중년 같은 두견이 대비되어 사용되었다. 이슬비 내리는 새벽에 가슴 찢어지는 듯한 두견의 흐느낌 소리에 서글픈 생각이 들었다. 그러나 비가 개고 찬란한 아침 햇살에 아름다운 꾀꼬리 소리를 들으니 서글픈 생각이 다 사라진 것 같다는 내용이다.

<오월한>에서도 <오월 아침>처럼 꾀꼬리와 두견이 소재로 사용되었으나 의미는 다르다. 아무리 두견이 피를 토하며 애달프게 울어도, 아무리 꾀꼬리가 재잘재잘 아양을 떨어도 화자는 싫거나 좋지 않다는 것이다. 왜냐하면 어느새 오월이 다하고 화자의 마음에는 오월의 한만 남았기 때문이다.

이 시는……

1950년 6월에 발표한 시로 김영랑의 마지막 작품이다. 끝없이 강물이 흐르는 마음을 노래하면서 찬란하게 슬픈 5월을 노래하던 시인이 이제 오월의 마지막을 노래하며 마지막 시를 발표한다. 오월을 노래한 시인의 마지막 시구절이, '어느새 다해진 오월이'라는 오월의 종말을 노래했다는 점이 애달프다.

김영랑은 산문 <두견과 종다리>에서 5월을 이렇게 묘사했다. "5월은 두견을 울게 하고 꾀꼬리를 미치게 하는" 달이다. 그래서 "5월이 되면 사람들은 좀 더 멋대로 뛰고 싶고 제 몸을 좀 달리 만들어보려는 염원에 타는" 것 같다고 말한다. 종달새같이 재재거리는 연인을 꾸짖어 울리기도 했고, 그 연인과 산봉우리 높이 앉아 있던 5월이었다. "온갖 풀 내음새, 꽃향기에 숨이 막혀 걸음도 거닐 수 없는 5월의 골목길"에는 장구를 치며 흥을 돋우며 소리를 하는 명창이 있다. 이렇게 5월은 다시 소년의 마음으로 돌아가게 하는 절기여서 모든 사람의 축복을 받을 만한 계절이라고 말한다. 그러나 그러한 5월도 어느새 다해진 5월이 되고 말았다.

김영랑 시인 또한 불혹을 훌쩍 넘기고 쉰을 바라보고 있다. 청년 시절 에메랄드 얇게 흐르는 실비단 하늘을 바라보고 싶었고, 얼떨결에 잃은 봄을 찾으려 헛되이 허덕이기도 했다. 모란이 피기까지 찬란한 슬픔의 봄을 기다리겠다고 생각했다. 원한과 슬픔의 두견새 울음소리에 같이 마음 아파했으며, 가슴에 독을 차고 야만의 시대에 흔들리지 않겠다고 다짐하기도 했다. 광복을 맞아 큰 배를 타고 더 넓은 세상으로 나아가자고 희망을 노래하기도 했다(〈바다로 가자〉). 새벽의 처형장에서 좌익과 우익의 이념 대결로 연유도 모른 채 떼죽음을 당하는 상황에 좌절하기도 했다(〈새벽의 처형장〉). 그렇게 시대를 통과하고 보니 어느새 쉰을 바라보고 있고, 기다린 5월도 다하고 끝이 났다. 그리고 남은 건 5월의 한이다. 그 아름다웠던 5월도 한만 남아 있다. 다해진 5월의 한만 남았다. 김영랑다운 마지막 시가 아닐 수 없다.

김영랑을 읽다

영롱한 우리말로 새긴 낭랑한 시

1판 1쇄 발행일 2020년 11월 13일
1판 2쇄 발행일 2024년 4월 8일

지은이 전국국어교사모임

발행인 김학원
발행처 (주)휴머니스트출판그룹
출판등록 제313-2007-000007호(2007년 1월 5일)
주소 (03991) 서울시 마포구 동교로23길 76(연남동)
전화 02-335-4422 **팩스** 02-334-3427
저자·독자 서비스 humanist@humanistbooks.com
홈페이지 www.humanistbooks.com
유튜브 youtube.com/user/humanistma **포스트** post.naver.com/hmcv
페이스북 facebook.com/hmcv2001 **인스타그램** @humanist_insta

편집책임 문성환 **편집** 윤무재 **디자인** 유주현
용지 화인페이퍼 **인쇄** 청아디앤피 **제본** 민성사

ISBN 979-11-6080-000-5 43810